Marion Wiesler

Die Wortflechterin

Die Zeit des Aufbruchs
Kurzband

Bibliografische Information der Deutschen
Nationalbibliothek:
Die Deutsche Nationalbibliothek verzeichnet diese
Publikation in der Deutschen Nationalbibliografie, detaillierte
bibliografische Daten sind im Internet über http://dnb.dnb.de
abrufbar.

Herstellung und Verlag:
BoD – Books on Demand, Norderstedt

ISBN   9783754323175

Gallia
im Jahre 47 vor unserer Zeitrechnung

Dubris:
Hafenort in Britannia, wie die Römer die Insel Albion nannten

Autricum:
Hauptort der Carnuten

Alesia:
Ort der Niederlage für Vercingetorix 52 v. Chr. und
Hauptort der Mandubier

Vesontio:
Hauptort der Sequaner

Ich bin Arduinna, die Wortflechterin.
Geboren von Seelen, die niemand kennt,
Gefunden im Wald unterm Ulmenbaum.
Ewig getrieben vom Wandel des Monds,
Vom Maistir verflucht, nie sesshaft zu sein.
Die Bäume des Waldes sind mir ein Dach,
Die Früchte der Erde mein Brot,
Begleitet von Wesen der Luft und der Nacht
Durchquere ich Täler, Berge und Seen.
Träumend von ihm, dessen Ruf ohne Klang,
Dessen Sein ohne Bild, das Ende des Fluchs.
Ich folge den Göttern, den Menschen zu dienen,
Sie zu erfreuen, doch mir zur Einsamkeit.
Ich bin Arduinna, die Wortflechterin.

Kapitel 1

In Vesontio

Soeben hatte mein Leben ein Ende gefunden, zum zweiten Mal in drei Jahren. Ich hatte vergessen, wie schmerzvoll es war, wenn alles um einen zusammenbrach. »Pack deine Sachen. Noch ehe Bel in seinem Sonnenwagen den höchsten Stand erreicht hat, verlässt du die Dunon.« Morfrans Worte dröhnten in meinem Ohr, obwohl er sie nur leise gezischt hatte. »Bevor sie es sich noch anders überlegen ... Mögen die Götter mit dir sein.«

Ich taumelte, als er seinen Griff um meinen Arm losließ. Da standen sie alle und starrten mich an, schweigend. Die ganze Festung hatte sich vor der Großen Halle versammelt, als die Krieger mich und Loïc herbei geschleppt hatten. Zu ihm wäre ich nun am liebsten gestürzt, in seine Arme, denen sie mich erst am Morgen entrissen hatten. Doch Morfran stieß mich in die andere Richtung. Die Dringlichkeit in seiner Stimme ließ mich folgen, wie ich ihm bis tags zuvor immer gefolgt hatte.

Ich begann zu laufen, erinnerte mich im letzten Moment daran, dass meine Sachen hier waren und nicht im Gästehaus. Wie betrunken wechselte ich die Richtung, stolperte über den Saum meines ungegürteten Kleides. Neben den beiden Pferden stand einer der Krieger, die uns heute aus dem Schlaf gerissen hatten. Er stellte sich mir in den Weg, den Speer auf mich gerichtet. Sein Blick glitt über mich hinweg. Jemand hinter mir deutete ihm wohl, dass er mich gewähren lassen sollte, denn er trat einen Schritt zur Seite. Ich nestelte an den Knoten der Riemen, die meinen Beutel und meine Leier am Rücken des Packpferdes hielten. Ich konnte kaum etwas erkennen. So sehr ich mich auch bemüht hatte, nicht zu weinen, nun war da doch nur Wasser vor meinen Augen. Eine Hand erschien, löste den Knoten, gerade konnte ich noch rechtzeitig hingreifen, ehe meine Leier in ihrem dicken Tuchsack zu Boden fiel.

Das Instrument und meinen Beutel an mich gepresst, stolperte ich weiter. All die Menschen, die sich um uns gedrängt hatten, wichen zur Seite, machten mir Platz. Die eisige Stille, die mich umgab, wurde durchbrochen von der Stimme des Reix der Mandubier.

»So lasst uns in die Halle gehen, auf dass die Feierlichkeiten beginnen!«

Wie eine Welle schwoll nun der Lärm an, nur dort, wo ich weitertaumelte, schwiegen die Menschen einen Augenblick. Ich wagte nicht, mich umzuwenden, so sehr mein Herz nichts mehr wünschte, als noch einmal einen Blick auf Loïc zu werfen. Doch ich wollte nicht sehen, wie sie ihn und seine Braut nun in die Halle geleiteten. Schoben vielleicht. Wehrte er sich? Wie sollte er sich wehren, ohne sein Schwert, zwei Speere in den nackten Rücken gepresst … Der Sohn des Herrschers, behandelt wie ein wildes Tier. Weil er mich liebte.

Ich lief weiter, auf den großen Torbau der Palisade zu. Man ließ mich hindurch, wortlos. Die Luft schien ein wenig kälter, als ich Vesontio hinter mir ließ. Solange ich konnte, lief ich, dann sank ich erschöpft am Rande eines Feldes nieder. Der Boden war frisch umgeackert, erste grüne Triebe schoben sich hoffnungsvoll aus der dunklen Erde, mir zum Hohn.

Mein Atem schlug um sich wie ein trotziges Kleinkind. Würgte mich in der Kehle, fiel tief in meinen Magen, beutelte mich wie ein Hund einen Hasen, den er erwischte.

Er hatte es tatsächlich getan. Mein eigener Maistir, mein Lehrmeister, hatte mich verflucht. Ich erbrach mich, saures Wasser, das sich auf die kleinen grünen Pflänzchen ergoss. Tief atmete ich ein, zitternd kroch die Luft in meinen Körper.

»Nein, Arduinna, nein«, murmelte ich. »Es war kein Fluch. Ganz gewiss, kein Fluch.«

Ich klammerte mich an das Wort, das Morfran gesprochen hatte. *Cynnedyf.* Ein Gebot, wie man es in meiner Heimat jenseits des schmalen Meeres nannte. Worte hatten Macht, große Macht. Und auch wenn Morfran behauptet hatte, ein *cynnedyf* sei ein Fluch, es war nur ein Gebot und konnte gelöst und aufgehoben werden.

»Durch den Tod oder ein eindeutiges Zeichen der Götter«, hatte er gesagt.

Also doch beinahe ein Fluch.

In meinem Kopf drehte sich alles. Vor Sonnenaufgang hatte ich noch in Loïcs Armen gelegen und nun saß ich hier, nur in meiner Camisia, bloßfüßig an diesem kühlen Frühlingstag. Selbst Sonnengott Lug verbarg sich hinter Wolken, die eilig über den Himmel flohen. Sterben hätte ich wollen.

Ich sah zurück zu der Dunon, der großen Siedlung, die auf dem Hügel geschützt hinter ihrer mächtigen Palisade lag. Fast meinte ich, Musik herabklingen zu hören, doch es war zu früh für Musik. Sie feierten Vermählung dort. Der Mann, der zu mir gehörte wie die Finger meiner Hand, und die Tochter des Reix der Mandubier, dieses blasse, rundliche Mädchen.

Erneut würgte es mich.

Ich würde sterben.

Das *cynnedyf* verlangte, dass ich nie länger als einen halben Mond an einem Ort bliebe. Sonst geschähe den Menschen, die meinem Herzen nahe standen, großes Unheil.

Es gab nur einen Menschen, der meinem Herzen nahe stand, und das war Loïc. Ich würde alles tun, um ihn zu schützen.

Ich wischte mir die bittere Spucke vom Mund. Der Vater der Braut hatte meinen Tod gefordert, weil Loïc mit mir vor der

9

Vermählung geflohen war und damit meinetwegen einen Krieg riskiert hätte. Wahrscheinlich dachte Morfran, ich wäre ihm noch dankbar, dass er die Forderung in ein *cynnedyf* gewandelt hatte, mein Leben gerettet hatte. Bei den Göttern! Hätten sie mich doch gleich getötet, anstatt mich alleine in die Welt zu schicken! Wie sollte ein junges Weib von zwei-mal-sieben Sommern alleine in der Fremde überleben?

Mein Blick fiel auf das Bündel, das dick in ein Tuch gewickelt vor mir auf dem Boden lag. Meine Leier.

All das Elend hatte doch schon begonnen, als Tegid starb, mein geliebter Tegid, Vatervater, Barde und mein erster Maistir. Mit ihm endete erstmals mein Leben, wie ich es bis dahin kannte. Seines Todes wegen war ich vor drei Sommern bei Morfran gelandet, Morfran, der Habicht, Barde der Carnuten, jung, streng und herzlos. Doch hätte Morfran mich nicht hierher zu den Sequanern mitgenommen, wäre mir Loïc nie begegnet, der mein Herz zum Klingen brachte wie meine Finger die Saiten meiner geliebten Leier.

Ich würde Morfran nicht siegen lassen.

Nach Tegids Tod war ich verloren gewesen, doch ich hatte weiter geatmet, weiter gelebt. Ich würde es wieder schaffen, solange die Hoffnung bestand, Loïc wiederzusehen.

Ich war Bardin, meine Lieder und Geschichten würden mich nähren. Ich würde die Götter gnädig stimmen und sie würden mir eines Tages das Zeichen schicken, dass das *cynnedyf* gelöst war. Und dann würde ich zu Loïc zurückkehren.

Ich weigerte mich, an die junge Frau zu denken, mit der er heute noch das Band der Ehe binden würde.

Mein Körper zitterte nach wie vor, als ich mich schwerfällig und mühsam erhob. Feuchte Erde klebte an meinem Kleid. Immer war sie da, die Erde, uns aufzufangen, wenn wir fielen. Ich kniete erneut nieder, grub meine Hände in den kalten, dunklen Boden und zog mit den Fingern erdige Striche über meine Wangen, über meine Stirn.

»Beschütze mich, Göttin. Lass mich stark sein.«

Kapitel 2

Ein fremder Mann

Eine Weile war ich verunsichert dagestanden, was ich nun tun sollte. Wohin sollte ich gehen? Das Land rund um Vesontio war durch einen Fluss von der Dunon getrennt und bestand aus Feldern, Weiden und Wäldern. Eine Straße links von mir verband die befestigte Siedlung der Sequaner mit dem Rest der Welt, führte über den hohen Hügel, der den einzigen Freiraum füllte, den der Fluss in seiner Schleife offen ließ. Es widerstrebte mir, dem breiten, lehmigen Weg zu folgen, auf dem Menschen unterwegs waren, die zu den Feierlichkeiten auf der Dunon eilten.

Benütze deinen Verstand, hörte ich Tegids Stimme in meinem Kopf. *Was habe ich dich gelehrt?*

Oh, er hatte mich so viel gelehrt! Der Gedanke an ihn tröstete mich. Ich sah ihn vor mir, den dunkelblauen Umhang um seine Schultern geschwungen, von einer mit Korallen verzierten Fibel gehalten. Seine blauen Augen, die über dem grauen Bart immer herzlich und fröhlich blitzten, mit lauter kleinen Fältchen daneben. Die Art, wie er mir von klein auf die Welt erklärt hatte, wie ich an seiner Hand sicher durch meine Kindheit ging.

11

Ich weiß nicht, wie lange ich da stand und vor mich hinstarrte, in Gedanken zurück daheim bei den Silurern. Mein Körper hörte irgendwann auf zu schmerzen oder ich merkte einfach nicht mehr, wie sehr ich zitterte. Ich presste immer noch die Leier an mich, als müsste ich sie wärmen.

Ich hörte auf zu bestehen, nahm Zuflucht in der Vergangenheit, um der Zukunft nicht ins Auge zu blicken. Es gab keine Zukunft in diesem Moment.

Erst als Schritte auf mich zueilten, schreckte ich hoch. In einiger Entfernung auf der Straße stand ein Ochsenkarren, der Ochse hielt den Kopf gesenkt, als döse er. Ein Mann lief quer durch die Felder auf mich zu. Er war klein für die Männer der Sequaner, hatte einen buschigen Schnurrbart und einen kurzen Hals. Seine Braccae fielen mir auf, die Beinkleider waren von einem satten Rot, als wäre er einem Blutbad entstiegen.

Er blieb vor mir stehen, betrachtete mich.

»Dacht ich mir, dass du das bist«, sagte er.

Ich starrte ihn an. Ich kannte ihn nicht. Er sah besorgt aus, wie Tegid, wenn ich krank gewesen war.

Sein Blick glitt meinen Körper hinab. Ich presste die Leier fester an mich. Plötzlich waren da all die Geschichten, die ich gehört hatte. Was Männer mit Frauen taten.

»Ich bin Bardin«, krächzte ich zu meiner Verteidigung und meinem Schutz. Meine Stimme klang wie ein heiserer Rabe, keineswegs wie eine Herrin der Lieder und Geschichten, deren Worte Menschen verzauberten.

»Ich weiß«, sagte er und lächelte. Traurig sah er aber aus. »Hab dich gehört, gestern.«

Ich nickte.

Gestern. Das war ewig her. Da hatten sie mich bejubelt. Hatten gebeten, mehr zu hören. Gestern noch hatte Loïc mich im Arm gehalten, mich angefleht, mit ihm davonzureiten. Hatte mich wie so oft sein Rotkehlchen genannt. Nun, der Habicht fraß kleine Vögel.

»Hab dich auch gesehen … heute Morgen«, fügte er hinzu. »Schlimme Sache.«

Die Tränen schossen erneut in meine Augen, dabei hatte ich gedacht, ich hätte bereits alle vergossen.

»Du wirst dir den Tod holen.«

Sein Kopf nickte zu meinen bloßen Füßen, der dünnen Camisia. Ich zuckte die Schultern. Der Wind blies mir die Haare ins Gesicht.

»Ich fürchte mich nicht vor diesem *cynnedyf*. Wenn du magst, kannst du einen halben Mond bei mir bleiben«, sagte er.

Meine Arme schlossen sich noch enger um meine Leier. Er sah freundlich aus, hatte graues Haar wie Tegid es gehabt hatte. Aber er war ein Mann. Und ich eine Frau, alleine. Eine junge, wehrlose Frau.

»Meine Tochter und mein Weib freuen sich gewiss, wenn ich dich mitbringe. Es gibt viel Arbeit um diese Zeit des Jahres. Und deine Lieder und Geschichten ... Was willst denn sonst? Alleine da stehen, bis die Kälte dich krank macht?«

Ich wies ihn nicht ab, als seine Hand sich um meinen Arm legte. Vom Boden hob er meinen Beutel auf, in dem sich alles befand, was ich noch besaß. Alles, was ich gestern Nacht rasch gepackt hatte, um mit Loïc ... Ich ließ mich willenlos zu seinem Karren schieben. Er musste mir hinauf helfen, so steif und kalt war mir. Ich kauerte mich zwischen die leeren Körbe und Kisten, die auf der Ladefläche standen. Erst als er eine dicke Decke über mich breitete, merkte ich, wie sehr ich fror.

Ich schloss die Augen, als er vorne auf den Bock kletterte und den Ochsen antrieb. Doch der Drang war zu groß, obwohl ich es nicht wollte, drehte mein Kopf sich der Dunon zu und mein Blick hielt sich daran fest, bis Vesontio hinter dem hohen Hügel verschwand.

Eines Tages würde ich wiederkommen, das schwor ich mir.

Kapitel 3

Der Hof

Es war bereits früher Abend, als wir einen Weiler erreichten. Ich musste zwischendurch eingeschlafen sein. Als ich erwachte, brauchte ich eine Weile, bis ich wieder wusste, was geschehen war.

Der fremde Mann hielt vor einem der vier Häuser an. Zwei davon waren wohl Ställe oder Lager, ihr Mauerwerk bestand nur aus Weidengeflecht, doch zwei waren feste Gebäude, mit Lehm verputzt. Alle vier umschlossen sie einen freien Platz, rundum wuchs eine hohe Hecke, die diese kleine Siedlung von der Welt abschnitt.

Ich hatte keine Ahnung, wo wir uns befanden.

Bei beiden Häusern öffnete sich die Türe und Menschen traten heraus.

Im Dämmerlicht sah ich einen Haufen Kinder aus dem einen Haus strömen, lachend und neugierig. Drei Männer und drei Frauen verschiedenen Alters ebenso. In der Türe des anderen Hauses standen zwei Frauen, eine ältere und eine junge, vielleicht so alt wie ich oder einen Sommer älter. Der Mann kletterte vom Karren, ein wenig steif und stöhnend. Ich vergrub mich tiefer in der Decke.

Er redete leise mit der einen Frau. Ich konnte nicht hören, was sie sprachen, aber über den Rand der Decke hinweg sah ich ihr Gesicht hart werden. Die junge, wohl ihre Tochter, reckte neugierig den Kopf.

Von der anderen Seite kamen die Kinder angelaufen. Ein Bursche machte sich sogleich am Geschirr des Ochsen zu schaffen. Er sprach freundlich zu dem Tier, versprach ihm Heu und Wasser. Auch er mochte kaum älter sein als ich, sein Bart hatte gerade erst begonnen zu sprießen. Drei der kleineren Kinder kletterten hinten auf den Wagen. Erschrocken quietschte einer auf, als er mich sah.

»Da ist wer!«, rief er den Erwachsenen zu.

Ich schälte mich aus der Decke, presste immer noch die Leier an mich.

»Eine Frau!«, rief der Jüngste.

»Ein Mädchen!«, antwortete ein Älterer.

Der Mann, der mich mitgenommen hatte, kam zum Karren zurück. Er sah abwechselnd zu allen, die umherstanden.

»Sie wird ein paar Tage bei uns bleiben.«

Er half mir vom Karren und führte mich zu seinem Haus hinüber. Meine Füße stolperten, als wäre ihnen das Gehen neu.

Seine Frau nickte, als ich vor ihr stand. Sie musterte mich ebenso misstrauisch wie ihre Tochter. Ich hatte den Kopf gesenkt, wollte niemanden sehen. Aus dem Augenwinkel bemerkte ich dennoch, dass beide Frauen die gleichen dunklen Haare und die gleichen Augen hatten, wie ein Eschenblatt.

»Kommt«, hörte ich jemanden hinter mir sagen.

»Ich bring nur den Ochsen in den Stall«, sagte eine junge Männerstimme, wahrscheinlich der Bursche.

»Ich stell rasch den Kessel vom Feuer«, rief eine Frauenstimme von weiter weg.

Es dauerte nicht lange, bis alle im Haus des Mannes waren.

Es war ein hübsches Haus, mit einer großen Feuerstelle in der Mitte, über der auf einem Eisenrost ein großer Kessel stand. Es duftete nach einem dicken Fleischeintopf, doch ich verspürte keinen Hunger.

Meine Augen nahmen wahr, dass es zwei Betten gab, hinten unter einer Zwischendecke, auf der volle Säcke und Körbe gelagert waren. Felle lagen rund um die Feuerstelle auf dem Bretterboden, ein Gewichtswebstuhl stand neben der Türe an die Wand gelehnt. In einem Regal waren reich verzierte Schüsseln gestapelt und allerlei Dosen und kleine Körbe. Ich sah diese Dinge und wusste, dass dies keine armen Leute waren, nicht so reich wie ein Reix oder manch hoher Krieger, aber sie lebten gut, besser, als solch ein kleiner Hof vermuten ließ. Drei Hunde waren aufgesprungen, als alle eintraten, legten sich aber auf den Befehl des Mannes gleich wieder nieder. Ich sah und bemerkte dies alles, wie ich es durch jahrelange Übung gewohnt war. *Die Aufgabe der Barden ist es nicht nur, Geschichten zu erzählen und Lieder zu singen, sondern mit wachem Auge alles um sich aufzunehmen, um die verborgenen Geschichten darin zu entdecken*, hatte Tegid mehr als einmal gesagt. Und doch weigerte sich alles in mir, das, was meine Augen sahen, aufzunehmen. Ich sollte nicht hier sein. Ich sollte nun mit Loïc schon weit weg sein, hinter ihm auf seinem Pferd sitzen, das Packpferd am Zügel, und dem Meer entgegen reiten. Für einen Augenblick meinte ich, seinen Geruch in meiner Nase zu spüren, nach Wind und Pferd und – ihm. Meine Augen suchten ihn, ehe mir bewusst wurde, dass meine Wünsche mir einen Streich spielten.

Der Mann sagte offensichtlich zum wiederholten Male etwas zu mir. Ich hatte nichts gehört. Er drückte mich sanft aber bestimmt auf eines der Felle, reichte mir eine Schale mit Eintopf. Um sie entgegenzunehmen, hätte ich meine Leier ablegen müssen. Ich zögerte, seiner Aufforderung Folge zu leisten und er hielt mir die Schale noch näher hin, drängte sie mir auf.

»Du musst etwas essen«, sagte er.

Ich legte meine Leier auf meine verschränkten Beine, nahm das tönerne Gefäß, das mit einem weißen Muster verziert war.

Alle saßen sie bereits rund um das Feuer, sahen mich mit neugierigen Augen an.

Ich zwang meine Lippen zu einem Lächeln.

»Danke«, sagte ich.

Vom Rest des Abends bekam ich nicht viel mit. Sie redeten aufgeregt durcheinander, der Mann berichtete, was in Vesontio geschehen war, ihre Blicke sprangen immer wieder zu mir, wie ein Hund nach einem Knochen. Das Gesicht der Frau verschloss sich immer mehr, die Tochter rückte weiter weg von mir. Ich würgte den Eintopf hinunter, Bissen für Bissen. Er war gewiss gut, doch meine Kehle war viel zu eng. Irgendwann steckte man mich in das eine Bett wie ein kleines Kind. Ich weigerte mich, meine Leier abzulegen, hielt sie die ganze Nacht umklammert. Am Feuer wurde immer noch leise geredet, die Menschen aus dem Haus gegenüber verschwanden irgendwann und etwas später schreckte ich hoch, weil jemand zu mir ins Bett kroch. Es war nur die Tochter und sie drückte sich so weit von mir weg wie möglich.

Kapitel 4

Feldarbeit

Stimmengewirr weckte mich. Ein Hund bellte draußen vor dem Haus. Ich schwitzte.

Ich hörte die Frau schimpfen, den Mann beruhigend reden. Etwas davon, dass ich das Fieber hätte. Sie stritten. Die Frau war wütend, wollte mich aus dem Haus haben, krank und verflucht wie ich war. Der Mann betonte immer wieder, dass ich eine Bardin sei, von den Göttern geweiht, man mich nicht hinauswerfen könne. Ich schlief wieder ein.

Als ich das nächste Mal erwachte, war es immer noch Nacht. Einer der Hunde knurrte leise, als ich mich vorsichtig erhob. Ich lag alleine in dem Bett. Möglichst geräuschlos schlich ich mich aus dem Haus, um mich zu erleichtern. Der Mond stand voll und rund am Himmel. Nein, nicht ganz, ein Tag war vergangen, seit er in seiner ganzen Pracht geleuchtet hatte. Die Mondgöttin wurde nun blasser und dünner. So wie ich. Oh, wie gerne wollte ich wie sie einfach schwinden, zu nichts werden, irgendwann nur noch wie ein Blatt im Wind davonwehen.

Ich hatte Durst, doch ich wollte niemanden wecken, indem ich einen Wasserkrug suchte. Ich kroch zurück ins Bett, es war kalt gewesen draußen. Es war kalt in mir. Der kurze Augenblick des Trotzes, den ich am Acker vor der Dunon empfunden hatte, war erloschen wie ein Kienspan im Sturm. Einer der Hunde kam zum Bett, schnüffelte an meinem Gesicht. Ich hielt ihm die Hand hin, fuhr vorsichtig mit meinen Fingern in sein kurzes Fell. Wärme. Leben. Eine feuchte Zunge schleckte über meine Hand. Ich schlief wieder ein.

Jemand rüttelte an meiner Schulter. Ich wollte die Augen nicht öffnen. In meinen Träumen lag ich in Loïcs Armen, fühlte seinen Körper an meinem, hörte seine ernste, liebevolle Stimme. Das Rütteln wurde stärker.

»Du hast wohl genug geschlafen«, sagte die Stimme der Frau laut. »Wer essen will, muss auch arbeiten. Auf mit dir, vom Fieber ist nichts mehr zu fühlen.«

Ich schlug widerwillig die Augen auf. Noch immer hatte ich keinen Hunger. Warum sollte ich essen wollen?

Der Hund saß erneut neben mir, hechelte. Er sah aus, als würde er grinsen. Die Frau hinter ihm wirkte längst nicht so freundlich. Das Haar unter ihrem langen Kopftuch war streng zurückgebunden, die Ärmel ihres Kleides aufgekrempelt. Sie war schlank, tiefe Linien zogen sich von ihrer Nase zu den Mundwinkeln.

»Alle sind schon draußen auf den Feldern. Du magst Bardin sein oder nicht, wer gesund ist, der hilft mit.«

Ich setzte mich auf. Mein erster Blick glitt zu meiner Leier, die neben mir im Bett lag. Dann nickte ich.

Verfalle nicht dem Glauben, dass die Menschen dir etwas schuldig sind, nur weil du Bardin bist. Unsere Aufgabe ist es, ihnen zu dienen und zu helfen, erklang Tegids Stimme in meinem Kopf.

Ganz anders als Morfrans Worte, der mich gescholten hatte, als ich einigen Burschen helfen wollte, Reusen für den Fischfang zu bauen. *Du bist Bardin,* hatte er gesagt. *Deine Stimme ist den Göttern geweiht und deine Finger deinem Instrument. Riskiere nicht den Unmut der Götter, indem du deine Hände Verletzungen preisgibst.*

»Was willst du, dass ich mache?«, fragte ich. Meine Stimme klang immer noch heiser und ich verspürte Durst. Mein Körper war wohl noch nicht bereit, wie der Mond zu einem Nichts zu werden, denn mein Magen knurrte nun auch.

Die Frau lächelte, ein hartes, aber zufriedenes Lächeln.

»Ja, der Hunger macht jeden hilfsbereit.«

Ich wollte entgegnen, dass es nicht der Hunger war, sondern die Worte meines Vatervaters, schwieg aber.

»Geh nur hinaus, sie werden dir schon sagen, was sie benötigen.«

Meine Beine fühlten sich weich an, als ich aufstand. Am Fußende des Bettes lag mein Beutel. Durch die offene Türe des Hauses sah ich dunkle Wolken, sah die Bäume sich im Wind biegen. Ich holte meinen Peplos heraus, den ich in jener Nacht eingepackt hatte, als ich mit Loïc floh, schlüpfte in das Überkleid. Meine Finger zitterten, als ich die Fibeln an der Schulter schloss. Der Gürtel, den ich in jener Nacht, in der Loïc und ich davonreiten wollten, getragen hatte, war auf unserem Lager im Wald liegen geblieben, ebenso wie mein Umhang. Die Krieger seines Vaters hatten uns keine Zeit gegeben, unsere Sachen zu nehmen. Im Beutel fand ich ein gewebtes Band, das noch aus meiner Heimat jenseits des schmalen Meeres stammte, ein Geschenk von Heledd, die immer für Tegid und mich gekocht hatte. Ich band es um, raffte mein Kleid damit.

Die Frau sah mir nach, als ich hinaus ging. Der Wind war wärmer als gedacht, mild und weich strich er über mein Gesicht. Der Mann stand mit den anderen auf einem Acker, den ich zwischen dem Haus gegenüber und dem Stallgebäude sehen konnte.

Er winkte mir zu.

Er reichte mir einen Trinkschlauch, als ich bei ihm war. Das Wasser war schal, aber tat wohl.

»Du kannst Thanna helfen, die Schollen zu zerhacken.«

Er drückte mir eine Harke in die Hand, das Holz des langen Stiels war glatt von Jahren des Schweißes. Das eiserne Dreieck, das vorne frech sich querstellte, machte das Werkzeug schwerer, als ich auf den ersten Blick angenommen hätte.

Meine bloßen Zehen gruben sich in die vom Pflug gewendete Erde. Dicke, lehmige Schollen, vom Winterfrost aufgebrochen.

Die Tochter, Thanna, sah mir entgegen, wandte sich dann wieder der Arbeit zu. Ich versuchte, es ihr gleich zu tun. Ihre Blicke zeigten mir, dass ich wohl unbeholfen wirkte. Noch nie hatte ich auf einem Feld gearbeitet. Ich war Bardin. Ich verbrachte die Tage damit, Lieder zu formen und Geschichten zu sammeln. Ich spielte die Leier, ich lauschte dem Reix und seinen Beratern, den Göttern und den Wesen der Welt um mich. Man versorgte uns mit Essen, beschenkte uns mit Schmuck für unsere Lieder. Man sah uns nicht gehässig an.

Wut kroch in mir hoch, wanderte in meine Arme. Bald brannten meine Muskeln, aber ach, wie gut tat es! Morfrans Gesicht erschien zwischen den dunklen Klumpen der Erde, und ich hackte hinein. Das Gesicht des kaltherzigen Reix der Mandubier, der meinen Tod gefordert hatte. Hier, ich hacke dir dein Auge aus! Das andere! Ja, auch das Gesicht der jungen Frau, die nun Loïcs Weib war, erschien zwischen den Schollen, und mit einem leisen Schrei hackte ich auch dorthin.

Die Tochter neben mir schnaubte verächtlich. Sie arbeitete ruhig und stetig, hob die Harke kaum höher als ihr Knie.

Bald keuchte ich. Das Feld war noch groß. Mein Blick glitt verstohlen immer wieder zu der Tochter neben mir, ich versuchte, zu greifen wie sie, zu stehen wie sie. Es sah so mühelos aus, wie sie es tat.

Irgendwann schmerzte mein ganzer Körper, ließen sich meine Arme kaum mehr heben. Ich blickte zurück, sah die lange Reihe an Erdreich, das wir zerkleinert hatten, und in das die jüngeren Kinder nun dicke Bohnen legten.

Sonnengott Lug blickte zwischen den Wolken auf uns herab, von seinem höchsten Punkt aus.

Als wir zurück ins Haus kamen, nicht lange, ehe Lug sich schlafen legte, langte ich beim Eintopf ebenso zu wie die anderen. Nein, mein Körper war wahrlich noch nicht bereit, wie der Mond zu verschwinden.

»Wie wäre es mit einem Lied? Oder einer Geschichte?«, fragte der alte Mann, der im anderen Haus wohnte. Alle sahen gespannt zu mir. Ich betrachtete meine Hände. Meine Finger waren voller Blasen, die Haut war rot und geschwollen. Ich drehte meine Hände den anderen zu, hob sie mit einem verzweifelten Lächeln in die Höhe.

Der Mann, in dessen Haus ich war, lachte.

»Das wird schon wieder.«

Ich setzte zu einer Geschichte an, doch meine Stimme klang, als hätte ich zu viel getrunken.

»Bei Bel, leg dich hin, Kind«, sagte der Mann. »Geh schlafen. Du hast dir den Schlaf redlich verdient.«

Ich mochte ihn. Ich schaffte es kaum, aus meinem Gürtel und Peplos zu schlüpfen und war eingeschlafen, sobald ich auf der Matratze aus Stroh lag.

Kapitel 5

Eingewöhnung

Am nächsten Tag durfte ich leichtere Arbeiten übernehmen. Sie schickten mich, die Hühner zu füttern, die überall zwischen den Häusern herumliefen, ich stand beim Kessel und rührte den Eintopf, während die Tochter Thanna Rüben schnitt, ich trug die Decken nach draußen und schüttelte sie aus, ich holte Wasser vom Bach und saß am Abend wie die anderen Frauen mit der Handspindel. Die Blasen auf meinen Händen heilten innerhalb einiger Tage. Ich tat, worum man mich bat. Was sollte ich sonst machen? Alles außerhalb dieses Weilers schien bedrohlich und würde mich nur bei jedem Schritt daran erinnern, dass ich nicht mehr zu Loïc konnte. Ich versuchte, nicht an das *cynnedyf* zu denken oder an irgendetwas anderes als die Aufgabe, die gerade zu erledigen war. Vielleicht entpuppte sich ja alles als schlechter Traum.

Außer, wenn ich abends eine Geschichte erzählte, sprach ich kaum. Thanna teilte ihr Bett mit mir, doch jede von uns drückte sich so weit sie konnte an den Rand.

Die gehässigen Blicke über meine Unfähigkeit in alltäglichen Dingen wurden zu einem milderen Nicken, und wenn ich ein Lied gesungen oder eine Geschichte erzählt hatte, bemerkte ich dasselbe zufriedene und erfüllte Lächeln, das ich von all den Orten kannte, an denen ich mit Tegid erzählt hatte. Ich war froh, in Sicherheit und nicht alleine zu sein. Doch in mir drinnen war es immer noch kalt, war ich wie tot.

Es war nun wohl einen Viertelmond her, dass Grannus mich hierher gebracht hatte. Langsam begann ich all die Dinge zu lernen, die einen Menschen für einen Hof nützlich machten, auch wenn ich mich wohl immer noch bei vielem unbeholfen anstellte. Trotz aller Trauer in mir begann ich mich zu freuen, wenn mir etwas gelang und die anderen mich nicht nur beim Singen und Erzählen wohlwollend ansahen.

Abends jedoch, wenn ich auf meiner Leier spielte und sie mit meinen Geschichten und Liedern erfreute, da merkte ich, dass meine Finger nicht mehr so geschickt über die Saiten tanzten, dass sich das Instrument in meinen Armen anders anfühlte. Mein Körper schmerzte überall von diesem neuen Leben, mit all dem Ausmisten, Spinnen, Melken und den Arbeiten am Feld, und er vergaß, was ihn früher ausgemacht hatte. Es waren nur winzige Unterschiede, eine Steifheit in den Fingern, eine Müdigkeit in den Armen, doch sosehr ich mich eben noch gefreut hatte, wenn ich mit einem vollen Eimer Milch von den Schafen zurückkehrte, so traurig machte es mich nun, mich von meinem alten Leben zu entfernen. Wo würde ich eines Tages enden? Als Bauersfrau, die abends auf einer Hollerflöte herumdudelte?

Rasch schob ich den Gedanken beiseite. Es war nur ein halber Mond, den ich hier verbrachte. Der nächste mochte mich zu einem Reix führen, wo man die Bardin wieder verwöhnte und verehrte. Oder auf einen Markt, wo ich mir mit Geschichten das Essen verdiente und nicht mit meiner Mithilfe.

Ich war nicht wie Grannus und seine Familie, deren Leben das hier war. Ich war Arduinna, die Wortflechterin, gefunden und ausgebildet von Tegid von den Inseln, das durfte ich nie vergessen. In mir ruhte ein Teil des Schatzes der Geschichten Galliens und die Götter hatten mich dazu bestimmt, sie zu bewahren und zu erzählen, nicht dazu, dreckiges Stroh aus dem Stall zu schaufeln, auch wenn das befriedigend war. Die Götter würden mich schon leiten, allen voran Ogmios, Gott der Redekunst, dem ich diente. Ja, sie würden mich wieder zu Loïc führen, und alles, was ich auf dem Weg lernte, konnte nur die Geschichten der Bardin bereichern.

Ich schmunzelte, beugte den Kopf über die Leier und wechselte zu einem fröhlichen Lied. *Der Barde darf nicht nur im Hain bei den Göttern sitzen*, hatte Tegid gesagt. *Wir müssen hinaus, wo die Geschichten sind.* Nun, das war ich ja jetzt. Was wusste ich schon, eines Tages wären Grannus und seine Familie, die Hunde, die friedlichen Schafe und die frechen Schweine, vielleicht ja Teil einer Geschichte, mit der ich andere erfreute.

Ich kannte nun all ihre Eigenheiten. Grannus' Weib Faruna war hart und selten freundlich, aber man konnte sich auf das verlassen, was sie sagte. Im Gegensatz zu ihrem Bruder und dessen Frau im Haus gegenüber bei den Eltern. Ich wusste nie, was ich von ihnen erwarten konnte. Dort wurde mehr gelacht, aber mit sechs Erwachsenen und neun Kindern ging es oft durcheinander zu. Ich hatte noch nicht durchschaut, wer nun wessen Bruder oder Schwester war. Die Kinder waren allesamt scheu mir gegenüber und es war mir nur recht, ich hatte keinerlei Lust, mit ihnen zu reden oder gar zu scherzen. Einzig mit Lenus, dem Ältesten, wechselte ich hier und da ein paar Worte. Er war der, der den Ochsen versorgt hatte und half mir, die beiden Schweine abends mit einem Kübel Futter in den Stall zu treiben, ohne von ihnen überrannt zu werden. Er brachte mich zum Lachen, und ich hatte das Gefühl, er tat es absichtlich meinetwegen, und nicht, weil er ein allgemein fröhlicher Kerl war.

Grannus handelte mit Honig und Stoffen, die die Frauen aus der Wolle der Schafe webten, er belieferte den Markt in Vesontio. Am Tag des Fluches – oh ja, es war ein Fluch, mochte Morfran es auch mit dem Wort *cynnedyf* beschönigt haben – hatte er ein Fass Met für die Vermählung gebracht und mehrere Töpfe Honig.

Die Bienenstöcke standen etwas vom Haus entfernt, inmitten der eingezäunten Weide neben dem Acker. Ich ging gerne dorthin, mit der Ausrede, nach den Schafen zu sehen. Einer der Hunde war immer draußen mit den Tieren, sollte ein Wolf über den Zaun springen. Jedes Mal, wenn es der kurzhaarige war, der mir die Hand geleckt hatte, blieb ich länger. Es war ruhig und friedlich dort. Sonnenwurz leuchtete gelb aus der Wiese, wo die Schafe ihn noch nicht abgeknabbert hatten, und die Apfelbäume beschützten mit ihren rosa blühenden Zweigen die flauschigen Lämmer. Es tat gut, hier zu sitzen und den Hund zu kraulen. Er war freundlich, mit hellbraunem Fell und großen Ohren, und er schien gerne mit mir hier zu sitzen. Er sah mich nie mitleidig an, sondern wedelte immer freudig mit dem Schwanz.

Aber es war nicht nur der Hund. Auch die Bienen mochte ich, erinnerten sie mich doch an Tegid, der Honig so geliebt hatte. Warum war er nicht mehr hier? Er hatte mich als kleines Kind im Wald gefunden, hatte mich großgezogen wie sein Fleisch und Blut und mich zur Bardin erzogen. Die drei Sommer mit Morfran waren hart und bitter gewesen, und so flüchtete ich mich hier neben den Bienenstöcken in Erinnerungen an eine bessere Zeit.

Doch immer wieder wandten sich meine Gedanken von meiner alten Heimat ab, von den Tagen meiner Kindheit, und landeten im Gebiet der Carnuten, wo ich Morfran erstmals begegnet war. Tegid und ich waren vor drei Sommern über das schmale Meer gekommen, als Morfran, Barde der Carnuten, alle Barden zu sich rief, die in Gebieten fern der Römer lebten.

Die Römer hatten viele Barden und Druiden getötet in dem Reich, das sie nun Gallia nannten. Verboten es, die alten Lieder zu singen, das alte Wissen weiterzugeben. Sie hatten nichts gegen die Götter der Stämme, verpassten ihnen nur einen römischen zweiten Namen, denn der Götter konnte man nie genug haben. Aber gefährlich war das Wissen der weisen Männer und Frauen, waren die Wurzeln, die die Barden den Menschen mit ihren Liedern gaben. Deshalb hatten wir uns alle versammelt. Einen ganzen Mond lang lauschten wir den Liedern versteckt in Zelten und einer kleinen Halle im Wald der Carnuten, immer in Sorge, auch hier entdeckt zu werden. Wir würden die Lieder der Stämme mit uns nehmen, jene von uns, die in Gebieten fern der Römer lebten, würden sie bewahren und hegen, um sie eines Tages den Menschen in Gallien zurückzugeben, auf dass das Wissen nicht verloren ging und ihre Wurzeln neue Triebe bilden konnten, wenn die Römer eines Tages besiegt waren. Ja, das war eine berauschende Zeit für mich gewesen, die letzte, in der ich von vollem kindlichen Herzen glücklich war! Vielleicht kehrten meine Gedanken deshalb so gerne dorthin zurück.

Ich war die Jüngste unter all diesen Barden, deren Namen weit über ihre Stämme hinaus bekannt waren. Kein Dutzend Sommer zählte ich erst und doch hatte Tegid mir noch vor der Abfahrt im Hafen von Dubris das Zeichen der Barden mit blauer Farbe in die linke Schläfe geritzt. Die kleinen Wunden hatten geschmerzt und das Ritual war aufgrund der Eile nicht so feierlich gewesen, wie Tegid es sich gewünscht hatte. Dennoch trug ich die drei blauen Punkte, die sich einem singenden Mund gleich nach vorne öffneten, mit großem Stolz.

Man hatte mich anfangs ein wenig misstrauisch betrachtet deswegen. Nur wenige Frauen saßen unter den Barden und keiner von ihnen, ob Mann oder Weib, hatte sein Zeichen so früh erhalten wie ich. Es hatte mich verunsichert und ich hatte Tegid spät eines Abends, als wir uns vor dem Feuer zu einem kurzen Schlaf auf unseren Fellen niederlegten, gefragt, warum er mir das Zeichen so früh gegeben hatte.

»Weil du bereit dafür bist«, sagte er. »Vergiss nicht, die anderen haben ihre Ausbildung begonnen, als sie sieben Sommer zählten und ein Barde sie als Schüler aufnahm. Deine begann an dem Tag, da ich dich im Wald fand.«

Er zog die Decke über meine Schultern hoch, wie er es jeden Abend tat, seit ich als kleines Kind in sein Leben getreten war.

»Du hattest also einen gewissen Vorsprung.«

Ich grinste im schwachen Licht der Feuerglut.

»Beinahe sechs Sommer Vorsprung. Warum hast du mir das Bardenzeichen erst jetzt gegeben?«

Tegid stieß mich sanft in die Seite. »Frecher Sperling, du.«

Ich schmiegte mich an ihn, sog tief seinen Duft nach Harz und Geborgenheit ein. Wie sehr vermisste ich ihn nun.

Und dann, an jenem letzten Abend, ehe wir wieder zur Küste aufbrachen, sollte ich auch den anderen beweisen, dass ich die drei blauen Punkte zu Recht trug.

Meine Hände zitterten, als ich vor all diese Männer und Frauen trat, denen ich einen ganzen Mond lang gelauscht hatte. Tegid saß ganz vorne an einem der niedrigen Tische. Er hob mir ganz leicht sein Trinkhorn mit Met entgegen. Mein Blick glitt über meine Zuhörerschaft. Gewiss vier Dutzend Ohrenpaare warteten auf mein Lied. Alle waren sie schlicht gekleidet, in Braccae und Camisia, und nur die feine Webart der Beinkleider und Oberteile ließ erkennen, dass sie keine einfachen Bauern waren. Jeder von ihnen hatte eine weite und durchaus gefährliche Reise auf sich genommen, um hier zu sein und die Lieder der eroberten Stämme vor dem Untergang zu bewahren. Sie alle schienen in meinen Augen alt, außer Morfran, dessen Reix uns die Halle hier im Wald für dieses Treffen überließ. Er war vielleicht zehn Sommer älter als ich und doch einer der mächtigsten hier.

Es war, als stünde ich vor dem tiefen Meer aller Geschichten, die je ein Barde gesungen hatte. Diese Männer und Frauen waren die kundigste Zuhörerschaft, der ich je gegenüberstehen würde, und ich fühlte mich geehrt, dass man mir, der jungen Schülerin, überhaupt die Gelegenheit gab, sich zu beweisen.

Still und abwartend sahen alle zu mir her. Durch die offene Türe und die Lichtöffnungen in den Wänden konnte ich die Blätter an den Bäumen in der Brise tanzen sehen und es drang der Gesang der Vögel herein, spornte mich an, meine Stimme erklingen zu lassen.

Meine Finger strichen über das glatte Holz meiner Leier. Tegid hatte mir vorigen Winter geholfen, sie zu bauen. Er hatte das Instrument, als es fertig war, Ogmios, dem Gott der

Redekunst, geweiht und Symbole hinein geschnitzt. Danach hatten wir die kleine Leier, die er für mich als Kind gefertigt hatte, zum Dank den Göttern geopfert. Da Worte, die Ogmios sprach, in den Herzen der Zuhörer wie Weizen am Feld keimten, vergruben wir jene Leier, auf der ich meine ersten Lieder gespielt hatte, hinter dem Haus. Für mich fühlte es sich mehr wie das Begräbnis eines Freundes an, als ein Opferritual.

»Deine Leier ist dein Geliebter«, hatte Tegid gesagt. »Sie trägt die Stimme deines Herzens auf ihren Saiten.«

Meine Fingerspitzen liebkosten die dünnen Därme und entlockten ihnen die ersten Töne. Sorgfältig hatte ich die letzten Tage dieses Lied über den Ruhm und das Leid der gallischen Barden vorbereitet und nun gab ich mich ihm hin, ließ es von meinen Lippen fließen wie sanfte Küsse, wie wilde Leidenschaft und unendlichen Schmerz.

Als der letzte Ton verklang, herrschte Schweigen in der Halle. Langsam kehrte mein Blick aus dem Reich von Ogmios und Brigid, der Göttin der Dichtkunst, zu den Gesichtern vor mir zurück. Einer der Männer begann, mit der flachen Hand auf den Tisch zu klopfen, stetig und rhythmisch. Nach und nach stimmten die anderen mit ein, bis die ganze Halle von ihrer Lobbekundung erschallte.

Mein Herz schlug laut vor Freude. Ich sah zu Tegid und der Stolz in seinen Augen, das kleine, liebevolle Nicken, das er mir schenkte, machte mich unendlich glücklich.

Wann immer es mir möglich war, entfloh ich zu den Bienen und dieser Erinnerung. Sie half mir, nicht an Loïc zu denken.

Jedes Mal, wenn ich den jungen Krieger vor mir sah, dessen Anblick wie eine Heimkehr war, schob sich die junge Braut dazwischen, mit der er nun wohl das Bett teilte. Nein, es konnte nicht sein, dass er das tat. Doch ich wusste, wie diese Dinge gingen. Ich war mit Tegid und auch mit Morfran schon bei anderen Vermählungen gewesen, die für den Zusammenhalt der Stämme unter den Söhnen und Töchtern der Herrscher gebunden wurden, auch wenn die Römer dies nicht gerne sahen. Es gab kein Ausweichen. Mann und Frau paarten sich in der Nacht der Vermählung im Angesicht der Götter und auserwählter Menschen. Druiden, Barden und Priesterinnen, die Stammesherrscher und weisen Frauen wachten darüber, dass der Bund der Ehe tatsächlich geschlossen wurde.

Ich fragte mich, was geschehen wäre, hätte ich mich in jener Nacht geweigert, mit ihm zu fliehen. Es hätte mir nicht das Leiden erspart. Ich wäre dort gestanden, am Vermählungsbett, hätte auf Morfrans Auftrag hin singen müssen, während Loïc die Mandubierin zu seiner Frau machte, wie es der Vetrag zwischen seinem Vater und ihrem Vater verlangte. Mit ihm zu fliehen, ein gemeinsames Leben zu beginnen, fern all der Regeln und Verpflichtungen, die unsere Rollen uns auferlegten, hatte so verlockend und schön gewirkt ...

Und an diese Bilder wollte ich nicht denken. Sie quälten mich genug in den Nächten, wenn die Erschöpfung der Arbeit nicht groß genug war, mich in einen traumlosen Schlaf fallen zu lassen.

Kapitel 6

Die Schleuder

rannus, Faruna und Thanna waren an diesem Tag weggefahren, zu einem Weiler in der Nähe. Man hatte mich ins Haus der anderen gebracht, als traue man mir nicht, alleine zu sein. Faruna misstraute mir, dachte ich. In diesem Haus war es wesentlich enger, schließlich war es kaum größer und beherbergte doch mehr als ein Dutzend Menschen. Es gab keine Betten wie bei Grannus, nur einen großen, mit Holzbalken am Boden abgetrennten Bereich, in dem auf einer dicken Schicht Stroh Felle und Decken lagen. Neben der Türe standen zwei Gewichtswebstühle an der Wand und zahlreiche Körbe mit Vlies und Garn. In den Regalen lagen zwischen Schüsseln und Rindendosen kleine geschnitzte Holztiere und eine genähte Puppe, im ganzen Haus roch es leicht nach säuerlicher Milch und Schweiß.

Grannus war eben erst abgereist, da nahm seine Bruderfrau mich bereits mit in die Scheune. Ein hoher Haufen Bast lag dort ausgebreitet, verströmte einen zarten Geruch nach Teichwasser, worin die Baumfasern den letzten Mond wohl verbracht hatten, ehe sie hier vor einiger Zeit zum Trocknen aufgelegt worden waren.

Bandua stemmte die Arme in die Hüften. Sie war eine hagere Frau, beinahe einen Kopf größer als ich, und ihre Hände hatten lange, kräftige Finger, die mit lauter kleinen Narben übersät waren. Sie nickte mir zu.

»Schon einmal Seil gedreht?«

Ich nickte. Meine Ausbildung zur Bardin mochte mich von manchen Tätigkeiten fern gehalten haben, aber nicht von allen. Und mit Knoten und gedrehten Schnüren kannte ich mich aus.

»Gut.«

Wir verbrachten die erste Zeit schweigend, sortierten die langen Fasern zu Bündeln, je nach ihrer Länge und Stärke. Kleine Käfer krochen beleidigt über die Störung aus dem Haufen. Durch das Flechtwerk der Wände schien die Frühlingssonne in die Scheune und malte zitternde Muster auf den gestampften Boden. Draußen hörten wir die Kinder herumlaufen und lachen, während Lenus mit seinem Vater gemeinsam an einem neuen Fass arbeitete. Das Klopfen des Hammers ergab mit dem Kinderlachen eine Melodie, der ich lauschte, während ich sortierte.

Wir würden ein Seil aus zwei Strängen schlagen. Noch nie hatte ich eines in dieser Stärke gemacht. Bandua schlang eine dicke Baststrähne um einen Pfosten, der aus der halbhohen Abtrennung im hinteren Drittel der Scheune in die Höhe ragte, dann begannen wir unseren Tanz. Wir hatten unsere Bastbündel in zwei langen Reihen aufgelegt, um sie zur Hand zu haben, wo wir sie benötigten. Nun wand jede von uns ihr Ende des Stranges einmal gegen den Lauf der Sonne, dann wechselten wir unsere Plätze, den Strang straff gespannt haltend, um sie miteinander im Sonnenlauf übereinander-zuschlagen. Nach jedem zweiten oder dritten Mal, dass die eine sich unter dem Seil der anderen hindurchbücken musste, galt es, ohne die Spannung nachzulassen, weiteren Bast vom Boden aufzuheben und vor dem Verdrehen des eigenen Strangs einzuarbeiten. Es war eine anstrengende Arbeit wegen der Dicke des Seils, aber dennoch begannen wir nach einer Weile zu kichern, wenn wir aneinander vorbeitanzten. Bandua stimmte ein Lied an, um uns den Takt vorzugeben. Obwohl die Wände der Scheune nur aus groben Flechtwerk waren, fand ich es stickig herinnen und schwitzte, der von unseren Füßen aufgewirbelte Staub kitzelte in der Nase. Doch es war befriedigend zu sehen, wie unser Werk wuchs und wuchs. Als wir die Türe erreichten, musste ich beide Enden halten, damit Bandua das Seil von der anderen Seite her aufwickeln konnte, denn es sollte noch einmal so lang werden. Erneut begann unser Tanz, begleitet von Singen und Lachen. Stolz blickte ich am Ende auf die große Rolle, die wir gemeinsam erschaffen hatten. Gemeinsam. Ein seltenes Wort für mich.

Tegid hatte mich gelehrt, aus den verschiedensten Materialien dünne Schnüre zu fertigen, um Knotenmuster zu flechten. Als ich dieses lange, dicke Seil sah, kam ich nicht umhin, mir vorzustellen, welch mächtiger Knoten sich daraus formen ließe. Kein kleines Amulett, in das man Wörter der Götter einflocht, um einem Menschen Schutz zu schenken, nein, hierin ließe sich ein ganzes Lied einarbeiten, so mächtig, dass es das Reich eines Reix schützen mochte.

»Kehr den Rest zusammen und wirf es zu den Hühnern oder den Schweinen«, sagte Bandua, als sie mit dem schweren Seil in den Armen hinausging.

Viel hatten wir nicht übrig gelassen, und als ich das Häuflein zusammengekehrt hatte, musste ich an Loïc denken. Es war noch nicht lange her, dass er mir hinter der Dunon beigebracht hatte, eine Schleuder zu benützen. *Ich will nicht, dass du wehrlos bist, solltet ihr am Rückweg überfallen werden*, hatte er gesagt. Unwillkürlich fuhr meine Hand zu der dünnen weißen Narbe auf meiner linken Wange. Loïc war einer der wenigen, die wussten, woher sie stammte. Wie die Umarmung damals, als er hinter mir stehend mir die Bewegungen mit der Schleuder beibrachte, fühlte ich nun seine Wärme. *Du wirst eine Schleuder brauchen*, meinte ich seine Stimme zu hören. *Du musst dich rüsten, zu überleben, denn du musst leben, dass wir uns wiedersehen.*

Ich zwang die Tränen zurück. Er hatte recht. Bald würde ich diesen Weiler verlassen müssen, und ich war überhaupt nicht bereit dazu. Ich setzte mich auf den gestampften Boden und drehte aus den Bastresten eine dünne Schnur, schlang sie dazu um meine große Zehe. Sorgsam fertigte ich zu Beginn eine Schlaufe, flocht die losen Ende fest ein. Ich arbeitete langsam, viel langsamer als nötig, doch bei jeder Drehung der beiden Schnurstränge umeinander schickte ich ein Gebet zu den Göttern, diese Schleuder zu meinem Schutze und meiner Nahrung dienen zu lassen. Als ich die Länge meines Beines erreicht hatte, wäre nun der Augenblick gewesen, ein Lederstück einzuarbeiten, wie Loïcs Schleuder es gehabt hatte, doch ich besaß kein Leder. Also fertigte ich eine Verbreiterung durch geflochtene Knoten, in die ich den Stein würde einlegen können. Um weiter zu arbeiten, musste ich das breite Teil nun zwischen meine Zehen klemmen, und als ich erneut mit dem Drehen bei meiner Hüfte angekommen war, endete ich mit einem letzten, den Göttern gewidmeten Knoten.

Ich war zufrieden. Zur Probe schob ich die Schlaufe auf meinen mittleren Finger. Das Seil saß gut, nicht zu locker und nicht zu fest. Es war noch ein wenig bockig und steif und ich verspürte ein Kribbeln, ein nagendes Bedürfnis, es auszuprobieren.

Die Kinder liefen über den Hof, spielten Fangen. Doch von den Erwachsenen war niemand zu sehen.

Ich ging zu dem Pfad, auf dem ich mit Grannus gekommen war. Es war das erste Mal, dass ich alleine das schützende Umfeld des Weilers verließ. Der Weg führte durch die hohe Hecke aus Amselbeer, Elhorn und der dornigen Schwarzbeer auf eine Fläche, auf der nur vereinzelt Bäume standen. Schafsköttel verrieten, dass die Tiere vor kurzem hier geweidet hatten. Es fanden sich nicht viele Steine auf dem lehmigen Boden, ich würde ein Auge darauf haben müssen, wo sie landeten.

Unzählige Male übte ich, meinen Arm so zu drehen, wie Loïc es mir gezeigt hatte, und das lose Ende der Schleuder im rechten Augenblick loszulassen, sodass der Stein weit über die Wiese flog und den Baumstamm traf, den ich mir als Ziel genommen hatte. Da hörte ich hinter mir den Karren. Ich fühlte mich ertappt und all die Freude darüber, immer besser zu treffen, verschwand in Schuldgefühlen, da ich nicht Grannus' Bruder bei den Arbeiten half, wie Faruna es mir aufgetragen hatte.

Der Karren hielt hinter mir auf dem Weg an.

»Was machst du hier?«, fragte Faruna streng.

Verlegen hob ich meine Schleuder in die Höhe.

Sie schwiegen.

»Bist du gut damit?«, fragte zu meinem Erstaunen Thanna. Sie sprach nie viel mit mir und nun klang sie begeistert.

Ich zuckte die Schultern. »Noch nicht gut genug.«

Thanna sprang vom Karren. »Wir kommen gleich, Vater. Ich will nur sehen, ob sie besser ist als ich.«

Grannus nickte und trieb den Ochsen wieder an.

Thanna legte ihren Umhang ab, warf ihn achtlos ins Gras. Sie trug heute nicht ihr übliches Kleid, sondern ein schöneres mit einer zarten Borte und hatte Ketten umgelegt und Armbänder. Schlichte nur, zwei Stränge aus Glasperlen und ein Armreif aus dünner Bronze ohne Muster, nicht vergleichbar mit dem Schmuck, den Loïcs Braut getragen hatte. Mit raschen Bewegungen flocht sie ihr offenes Haar zu einem langen Zopf, dass es ihr nicht im Weg wäre. Scheu hielt ich ihr meine Schleuder entgegen und den Stein, den ich in der Hand hielt.

Sie lachte. Aus der ledernen Tasche, die an ihrem Gürtel hing, holte sie ihre eigene Schleuder hervor und auch einen runden Stein.

»Hier hat man sowas immer bei sich. Wenn du auf der Weide bist und ein Wolf die Schafe reißen will, meinst, da hast Zeit, ins Haus zu rennen, die Schleuder zu holen?«

Sie schüttelte den Kopf und ihre dunklen Augen blitzten. Erstmals klang sie nicht misstrauisch mir gegenüber, sondern voller Feuer. Ich trat einen Schritt zur Seite und beobachtete sie. Im Gegensatz zu Loïc schwang sie die Schleuder nicht neben dem Körper, sondern über dem Kopf. Mit Leichtigkeit traf sie den Baum, den ich mir so mühsam erarbeitet hatte.

Auffordernd sah sie mich an.

Vor lauter Aufregung schoss ich daneben.

Sie setzte das milde Lächeln auf, das sie alle trugen, wenn ich Arbeiten, die ihnen alltäglich waren, nicht gut schaffte.

Doch sie sagte:

»Probier es noch einmal, das war nicht so schlecht.«

»Ja, nur dass der Baum nicht läuft, wie ein Reh es wohl tun wird.«

»Du willst jagen?«

Ich nickte. Von *wollen* konnte nicht wirklich die Rede sein, aber ich würde es wohl tun müssen, wenn ich essen wollte unterwegs.

»Wir gehen nur selten jagen«, sagte Thanna und ließ ihren Stein gegen den Baum krachen. »Die Tiere außerhalb der Hecke gehören den Göttern. Wobei, Vater legt manchmal Fallen aus für Hasen und so. Aber es ist gefährlich, das Jagen, viel gefährlicher, als ein zahmes Schwein zu schlachten, warum sollte man das wagen? Und dabei vielleicht noch die Götter erzürnen.«

Ich rieb das Bastseil meiner Schleuder zwischen den Fingern. Von den Gefahren da draußen wollte ich gar nichts hören. Denn ich ahnte, dass es mir wohl kaum möglich sein würde, jeden halben Mond eine Fahrt auf einem Ochsenkarren zum nächsten Hof zu ergattern.

Nach zwei weiteren Würfen mussten wir gehen, die Steine zu suchen.

»Es ist gut, dass du schleudern kannst«, sagte Thanna. »Wenn du weiterziehst. Wo wirst du hingehen?«

»Ich weiß es nicht.« Ich wog die drei Steine in meiner Hand. Wir standen unter dem dicken Apfelbaum, dessen Stamm einige Dellen von unseren Würfen abbekommen hatte. Einige Blüten waren von den Zweigen zu Boden gefallen und gerade schwebte erneut eine direkt vor mir herab. Ich fing sie mit meiner Hand und steckte die süßen weißen Blütenblätter in meinen Mund.

Thanna suchte noch nach ihrem dritten Geschoss.

»Vater sagt, du kommst von den Carnuten. Das ist ganz schön weit weg, wirst du zu ihnen gehen?«

»Ich … habe bei den Carnuten gelebt, ja, aber ich komme von noch viel weiter her.«

Sie hatte ihren Stein gefunden, ließ ihn spielerisch in ihrer Hand hüpfen.

»Ich habe überlegt …« Noch hatte ich mit niemandem darüber geredet, hatte außer meinen Geschichten kaum gesprochen, aber die simple Tatsache, dass Thanna in meinem Alter war und wir gerade gemeinsam ein paar Steine durch die Luft hatten fliegen lassen, ließ meine Gedanken nach außen quellen. »Ich könnte zu meinem Stamm zurückkehren, weit nach Westen, über das schmale Meer. Ich hab mir gedacht … vielleicht ist das den Göttern ja weit genug weg und sie schicken mir dann ein Zeichen, dass sie das *cynnedyf* als gelöst betrachten.«

»Wie weit ist das?«, fragte Thanna, während wir ans andere Ende der Wiese zurückgingen.

»Weit. Drei Monde vielleicht, wenn man jeden Tag geht, soweit man kann, schätze ich. Nicht eingerechnet, dass man ein Schiff über das schmale Meer braucht.«

Sie sah kurz zur Straße hin, dann zu mir. Eine kleine Falte hatte sich zwischen ihren Augen gebildet.

»Und das alleine?«

Ich zuckte die Schultern.

»Ich war noch nie weit weg. Mutter mag es nicht, wenn ich den Weiler verlasse, aber manchmal nimmt Vater mich mit, wenn er etwas liefert oder Markt ist. Und manchmal besuchen wir Freunde, so wie heute, doch das ist nicht weit.«

»Ich bin den Weg bereits gekommen. Aber nicht allein. Und nicht in einem Stück, sondern … auf viele Jahre verteilt.«

»Es klingt furchtbar gefährlich. Du wirst mehr als die Schleuder brauchen.«

Mein Magen wurde eng. Natürlich hatte sie recht. Ich wusste auch nicht, ob ich das wirklich wollte, zurück zu den Silurern. Gewiss, dort war Heledd, die mich bestimmt aufnahm, und unser Reix und seine Frau, die immer geschätzt hatten, was Tegid und ich sangen. Falls sie noch lebten, es waren mehr als drei Sommer vergangen, seit Tegid und ich zu den Carnuten gereist waren. Und … ich wollte nicht so weit von Loïc weg gehen. Gewiss fand ich einen Weg, die Götter gnädig zu stimmen, sodass sie das *cynnedyf* lösten. Dann wollte ich in seiner Nähe sein.

Ich zuckte die Schultern und wir schleuderten erneut unsere Steine. Thanna klatschte, als alle meiner Steine trafen.

»Wenn du willst«, sagte sie unvermittelt, »helfe ich dir, deine Ausrüstung zu machen. Du hast ja nicht einmal einen festen Gürtel mit einem Beutel daran, gar nichts, nicht einmal ein Messer oder einen Umhang.«

»Das … wäre nett.« Ich schob das Bild zur Seite, von meinem Umhang und dem Gürtel mit dem kleinen Beutel daran, von meinem Messer, all den Dingen, die im Wald lagen, weil wir sie in stürmischer Umarmung abgenommen hatten. Nie wieder würde ich meinen Gürtel ablegen, hätte ich erst wieder einen. Oder zumindest sicherstellen, dass ich ihn sofort greifen konnte.

»Dann komm!«, sagte Thanna und schnappte ihren Umhang, zog mich mit sich.

»Nächsten Mond«, plauderte sie, während wir das kurze Stück zum Weiler zurückgingen, »werde ich auch hier weggehen.« Ihre Wangen färbten sich rot. »Zu dem Hof, wo wir heute waren. Vater hat heute die Absprache gemacht, deren Sohn und ich, wir werden heiraten.«

Mein Blick fuhr zu ihr. Sie wirkte glücklich.

»Das ist schön?«

Sie lachte über den fragenden Tonfall in meiner Stimme.

»Aber natürlich! Matunus und ich kennen uns schon lange, er ist ein guter Mann. Vater sucht immer gute Männer, auch meine Schwester – nun, anfangs mochte sie ihn glaub ich nicht sonderlich, sie hatte auf einen anderen gehofft, aber inzwischen ist sie zufrieden bei ihrem Mann in Vesontio. Nur Mutter jammert, denn wenn ich aus dem Haus bin, dann wird

Vaters Bruder mit seiner Frau und den Kindern herüberziehen, zu ihnen.«

Ich hatte mich schon gewundert, warum die Verteilung zwischen den Häusern so ungleich war.

Thanna sah zu mir her, senkte den Kopf. Dann schob sie sich ein wenig näher, sagte leise: »Es hat ein paar Vorfälle gegeben, mit meiner Schwester und mir ... seitdem wollte Vater nicht, dass sein Bruder bei uns ist des Nachts. Erst hieß es, dann solle eben Mutters Schwester mit ihrem Mann und den Kindern zu uns kommen, aber das wollten die Alten nicht, das sind die Eltern von meiner Mutterschwesters Mann.« Sie lächelte mich von unten her an. »Mutter hat es recht gefallen, dass es kein Kindergeschrei im Haus gab. Und Vater war froh, dass die – Vorfälle keine Folgen hatten. Es ist nie leicht, ein Weib mit Kind zu vermählen. Also, wenn sie nicht den Mann durch Tod verloren hat. Männer mögen das nicht so, wenn ihr Weib schon davor mit einem Mann gelegen hat – oder schlimmer noch, ein Kind von einem anderen erwartet ... Hast du schon je – mit einem Mann gelegen? Zu Beltane? Zu Ehren der Götter?«

Sie hatte angehalten, durch die letzten hohen Büsche der Hecke von den Häusern verborgen.

Ich war froh, dass einer der Hunde auf uns zugeschossen kam und mich einer Antwort entband. Jene Nacht mit Loïc war mir zu wertvoll, als dass ich darüber sprechen wollte.

Kapitel 7

Besuch

Am nächsten Tag erhielten wir Besuch. Thannas Brautmann kam nun mit seinen Eltern, um das Brautgeld zu bringen.

Wir stellten Tische und Bänke hinaus in den Hof, es war ein prächtiger Frühlingstag voller Sonnenschein und Vogelgezwitscher. Faruna hatte mich den ganzen Abend zuvor herumgehetzt, ihr mit den Vorbereitungen zu helfen. Ich hatte Teig für süßes Brot geknetet, hatte die Männer mit Bier versorgt, die ein Ferkel geschlachtet hatten. Sie hatte mich Bärenlauch sammeln geschickt und geschimpft, als ich ihr gestand, dass ich nicht sicher war, ob ich nicht auch Tal-Lilien erwischt hatte. Wir hatten den Boden gefegt und frische Kräuter ausgebracht, und abends, als der neue Tag ins Dunkel geboren wurde, den Göttern ein Opfer dargebracht, ein Huhn.

Faruna schien aufgeregter als Thanna.

Sie kamen mit einem ähnlichen Karren, wie Grannus besaß. Matunus war jung, ich schätzte ihn auf zwei-mal-acht Jahre, aber er hatte Schultern wie ein Ochse so breit. Neben ihm saßen noch zwei junge Burschen und ein dünnes Mädchen, seine Geschwister wohl, vorne am Bock Vater und Mutter.

Der Art nach, wie sie sich benahmen, waren sie nicht das erste Mal hier. Alle begrüßten die Ankömmlinge auf vertraute Weise. Nur ich stand abseits, hatte versucht, eine Ausrede zu finden, um nicht dabeizusein, wenn Thanna freudestrahlend ihren zukünftigen Mann empfing.

Doch man hatte auf meiner Anwesenheit bestanden. Ausnahmsweise hatte Faruna heute nicht verlangt, dass ich mithalf. Im Gegenteil, sie hatte ihrer Tochter aufgetragen, auch mich zu schmücken, mir das Haar zu machen, das ich morgens immer nur nachlässig geflochten hatte. Wir hatten sogar vor der Opferung des Huhns gebadet, in einem großen Zuber neben der Feuerstelle. Erst die Männer, dann wir Frauen und dann die Kinder.

Auch wenn sie mich sonst wie Thanna herumbefahl, so wollte Faruna mich heute als hohen Gast vorstellen, die Bardin, die ihren Hof mit ihrer Anwesenheit ehrte. Es würde ihren zukünftigen Tochtermann und seine Familie beeindrucken.

»Kein Wort von diesem Fluch«, zischte sie mir zu, als der Karren der Gäste sich näherte.

Ich zwang mich zu essen und zu lächeln, so sehr mich die Blicke zwischen Thanna und Matunus auch schmerzten. Die Götter gestatteten Menschen, glücklich zu sein, warum hatten sie mir nicht gestattet, mit Loïc zu sein? Es war uns nicht einmal erlaubt gewesen, so offen Blicke auszutauschen.

Das Essen war zugegebenerweise köstlich, Matunus erhielt das schönste Stück der Schweinelende und teilte es mit Thanna, es gab mit Honig und Kümmel gewürzte gelbe Rüben, dicken Hirsebrei und ein grünes Gemüse aus Giersch und Nesseln, die mit Schaffett, Haselnüssen und Gundermann gesotten worden waren. Der derbe Tisch bog sich unter den hölzernen Platten und Schalen und die Schaffelle, auf denen wir saßen, hielten die Kälte des Bodens ab. Nicht nur die Kinder machten sich gierig über das süße Brot her.

»Und nun ein Lied!«, sagte Grannus, als alle satt waren.

Die Buben, die bereits begonnen hatten, im Hof herumzulaufen, setzten sich rasch wieder zu uns.

Ich betrachtete Thanna, als ich mich erhob. Mir gefiel, wie stark und selbstbewusst sie war. Ich setzte an, meine Leier aus dem Haus holen zu gehen, doch dann hielt ich inne. »Ich will euch eine Geschichte erzählen«, sagte ich. Ja, bei Ogmios, dem Gott der Redekunst, eine Geschichte sollte es sein, kein Lied.

Kurz ließ ich meinen Blick über all die Menschen rund um den Tisch gleiten. Die langvermählten Ehepaare, die kleinen Kinder. Und natürlich Thanna und Matunus, denen es geschenkt war, dass ihre Verbindung nicht nur dem Willen der Eltern, sondern auch ihrem eigenen entsprach. Ob die beiden ahnten, wie wohlwollend die Götter ihnen gegenüber ganz offensichtlich waren?

Grannus' Brudersohn Lenus sah mich mit einem kecken Lächeln an. Nun, für ihn erzählte ich die Geschichte gewiss nicht, auch wenn er meinen nachdenklichen Blick anscheinend so gedeutet hatte.

Eine zarte Brise strich durch meine Haare, ich schob eine Strähne hinter mein Ohr zurück, offenbarte damit fast wie absichtlich die drei Punkte an meiner Schläfe.

Der kühle Boden unter meinen bloßen Füßen verband mich mit all den Barden, die je Geschichten erzählt hatten und in ihm zur Ruhe gelegt worden waren, egal wo auf der weiten Welt. Ich klatschte einmal laut in die Hände, um den Göttern anzuzeigen, dass ich erzählen würde. Sie mochten es, wenn man sie zu Geschichten einlud.

»*Einst*«, begann ich, und meine Stimme klang von selbst lauter und voller, »*und die Geschichte ist wahr, auch wenn sie vielleicht nie geschehen ist, lebte ein Stammesführer, der eine Tochter namens Oisra hatte. Sie war ein hübsches Mädchen, klug und liebenswert - und mit einem ungeheuren Sturkopf.*«

Grannus lachte laut auf und blickte zu Thanna. Sie rollte mit den Augen, als Matunus in das Lachen einstimmte.

»*So kam die Zeit, dass Oisra eine Frau wurde und ihr Vater überlegte, welchem Mann er sie zum Weib geben sollte. Ihm fielen schon einige der jungen Burschen im Dorf ein, die auch*

Manns genug waren, es mit Oisras Sturheit aufzunehmen,
aber da er seine Tochter liebte, rief er sie zu sich.
›Oisra, du bist jetzt alt genug, um zu heiraten. Ich will dir
die Wahl unter den jungen Männern des Dorfes lassen. Sag
einfach, welchen du heiraten willst.‹
Oisra spielte gedankenverloren mit ihren langen Zöpfen,
während sie die jungen Männer der Siedlung durchging. Nun,
der da war zu alt. Und der da zu jung. Der da - zu dick, der
da zu dünn. Dieser zu dumm, dieser zu besserwisserisch. Der
da zu hässlich, der da zu eitel...«

Bei jeder Eigenschaft hatte ich meinen Blick auf eines der
Kinder gerichtet, die zumeist Jungen waren, auch wenn keiner
von ihnen den Männern in der Geschichte entsprach. Sie
kicherten und stießen sich gegenseitig in die Seite.

Lenus wich meinem Blick nicht aus, sondern grinste mit
hochgezogenen Augenbrauen. Die Frauen schmunzelten
belustigt, nur Faruna seufzte. Der alte Alus schüttelte mit
einem leisen Zungenschnalzen den Kopf.

»Oisra schätzte es sehr, dass ihr Vater ihr die Wahl ließ,
aber am Ende kam sie immer zu demselben Schluss:
›Vater, da gibt es niemanden. So gern ich mir auch einen
aussuchen würde, es gibt keinen einzigen, den ich für den Rest
meines Lebens lieben könnte.‹
›Liebe? Wer redet denn von Liebe? Ich spreche von Heirat!‹,
sagte der Stammesführer beleidigt.«

Alus, der Vater von Grannus' Schwester-Ehemann,
schnaubte leise. Die tiefe Stimme, die ich dem Stammesführer
gegeben hatte, belustigte die kleinen Kinder noch mehr als der
Inhalt des Satzes, den sie wahrscheinlich nicht verstanden.

»Aber Oisra bestand darauf, den Bund der Ehe nur mit
einem Mann zu schließen, der ihr Herz zum Klopfen brachte
und den sie liebte.«

Ich musste einen Moment innehalten. Ich hatte nicht
bedacht, dass mir diese Geschichte, mit der ich Thanna eine
Freude machen wollte, schwer fallen würde.

»Verärgert darüber, dass seine Großherzigkeit nicht
gewürdigt wurde, sagte ihr Vater: ›Ein pochendes Herz!
Dafür werde ich dir Prügel verpassen! Entweder du

entscheidest dich bis morgen Früh, wen du heiraten willst, oder ich werde eine Entscheidung treffen! Also geh in deine Kammer!‹

Und Oisra ging - aber nicht nur in ihre Kammer. In der Nacht nahm sie ihren Mantel und verließ das Dorf. Sie wanderte und wanderte, sie kam in andere Weiler, in Dörfer, in Festungen. Sie traf junge Männer und alte, dicke und dünne, redselige und stumme. Aber keiner von ihnen brachte ihr Herz zum Pochen. Verzweifelt kam sie eines Tages zu einem Berg - es war nicht der erste Berg, zu dem sie gekommen war, aber dieser Berg schien etwas Besonderes zu sein - besonders dunkel, besonders steil, besonders still. Oisra zögerte, ihn zu besteigen, aber der Berg war so groß, dass kein Ende zu sehen war, weder links noch rechts.«

Ich war einen Moment lang still. Warum erzählte ich gerade diese Geschichte? Tegid hatte mich so viele Geschichten über die Liebe gelehrt, aber mein Mund hatte diese ausgewählt, voller einsamer Wanderungen und Sehnsucht nach Liebe.

Meine Zuhörer sahen mich erwartungsvoll an. Ich schluckte und lächelte, um mir Mut zu machen.

»War dies das Ende ihres Weges? Sollte sie umkehren und sich dem Willen ihres Vaters beugen? Nachdem sie so lange umhergezogen war, schienen ihr einige der Männer in ihrem Dorf gar nicht so schlecht zu sein. Aber dann ließ ihre Sturheit sie den Kopf heben. Es waren nur kalte Steine, die vor ihr lagen. Sie würde sich nicht von kalten Steinen abhalten lassen, ihren Weg zu gehen. Sie blickte hinauf zum Berggipfel und die Sonne ließ ihn wie Gold glänzen. Oisra setzte ihren Fuß auf einen schmalen Bergpfad, aber sie hatte noch kein Dutzend Schritte gemacht, als ihr ein kleiner Mann in den Weg sprang. Klein und hässlich war er und sein Gesicht glänzte vor Bosheit.«

Ich hatte diese Geschichte schon einmal erzählt, der Barde der Veneti hatte sie uns bei dem Treffen im Karnutenwald vor drei Sommern beigebracht. Aber es war das erste Mal, dass ich Morfran vor mir sah, obwohl er weder klein noch hässlich war.

Grannus' Schwester schnappte erschrocken nach Luft. Das kleine Mädchen, das neben ihr saß, ergriff ängstlich die Hand ihrer Mutter. Aber auch die Jungen sahen mich mit großen, besorgten Augen an.

»›Du hast den ersten Schritt gemacht, jetzt musst du bis ganz nach oben gehen‹, kreischte der kleine Mann. ›Wenn das nötig ist, um auf die andere Seite zu kommen, dann werde ich das tun‹, sagte Oisra und der kleine Mann schaute überrascht. ›Willst du damit sagen, dass du nicht weißt, was dich dort oben erwartet?‹ Oisra schüttelte den Kopf.«

Die Kinder hatten ihre Augen auf mich gerichtet und schüttelten den Kopf, wie Oisra es tat.

»Der kleine Mann lachte. ›Oh, das schaffst du nie! Auf dem Weg nach oben werdet ihr einen Wald aus Stein finden. Allesamt sind es Jungfrauen und Männer, die versucht haben, die Aufgabe zu lösen.‹ Und er erklärte Oisra, dass auf dem Berg ein Fluch läge. Einst hatte ein junger Mann namens Owsello den Berggeist, dessen Diener der kleine Mann war, erzürnt und war in Stein verwandelt worden. Wer ihn und die anderen befreien konnte, würde niemals Armut oder Krankheit erleiden. So viele hatten es versucht, und alle waren gescheitert und selbst in Stein verwandelt worden. Unter all diesen Gestalten befand sich auch diejenige, die Owsello war. Wenn Oisra nicht herausfand, wer er war, bevor die Sonne unterging, würde sie sich wie alle anderen in Stein verwandeln.«

Thanna hatte ihre Finger um Matunus' Arm geschlungen. Er blickte auf ihre Hand hinunter und lächelte.

»Aber ihn zu finden war nicht genug. Sie musste die Nacht genau dort verbringen, an seiner Seite, komme was wolle. Und sollte Oisra die Nacht überleben, würde es ihre Aufgabe sein, den steinernen Owsello wieder in seine menschliche Gestalt zu verwandeln. Die kleine Kreatur kicherte darüber. ›Es ist niemandem gelungen. Es wird auch niemandem gelingen. Du wirst ein weiterer Stein in meiner Sammlung sein!‹«

Ich glaubte, so etwas wie Tränen in Grannus' Augen zu sehen, aber es könnten auch meine eigene gewesen sein.

»Da sie ohnehin keine andere Wahl hatte, ging Oisra weiter und eilte den Berg hinauf. Bald fand sie das Feld voller steinerner Figuren, deren menschliche Gestalten kaum zu *erkenne waren. Der Sonnengott war bereits auf dem Weg zum Erdenrand, also lief Oisra zwischen den Figuren hindurch, betrachtete sie, berührte sie. Woher sollte sie wissen, welche die richtige war? Dann hörte sie die Geräusche – ein leises Brummen, hoch und tief, als ob all diese Männer und Frauen versuchten, mit ihren steinernen Mündern zu sprechen. Auch wenn die Geräusche nicht laut waren, so waren sie doch schrecklich, und Oisra wollte sich die Ohren zuhalten, um all das Leid und den Schmerz nicht zu hören. Doch als sie an einer der Gestalten vorbeikam, blieb sie stehen. Da war ein Brummen, genau wie bei den anderen, aber als sie es hörte, spürte sie, wie ihr Herz wie verrückt zu pochen begann. Plötzlich war es ihr egal, ob die Sonne unterging und sie zu Stein wurde. Es war ihr egal, ob dies derjenige war, der den Fluch aufheben konnte. Sie wusste nur, dass er der war, der ihr Herz zum Pochen brachte, und sie würde ihn nicht verlassen.«*

Ich musste innehalten. Mögen die Götter mich auf den Wellen der Geschichten reiten lassen wie ein Boot auf den Wellen des Meeres, aber dies war immer eine Geschichte gewesen, die mich berührte wie wenige andere, und nun schien es mir, als wäre es meine eigene. Ach, wenn es nur so wäre ...

»Sie setzte sich neben ihn und lehnte ihren Kopf an den kalten, harten Fels. Die Sonne ging unter. Und sie wurde nicht zu Stein. Ein Lächeln schlich sich auf ihre Lippen, als sie erkannte, dass sie Owsello wirklich gefunden hatte. Sein Brummen schien weicher, sanfter und glücklicher zu sein. Jetzt musste sie nur noch die Nacht überstehen. Doch sobald es dunkel wurde, wurden die Geräusche um sie herum lauter. Schreie, Kreischen, Stöhnen. Eisige Finger, unsichtbar in der Dunkelheit, packten sie, der Boden unter ihr bebte.«

Eines der jungen Mädchen drückte ihr Gesicht in das Kleid ihrer Mutter, einer der kleinen Jungen hielt sich die Hände auf die Ohren und starrte mich immer noch an. Matunus hatte seinen Arm um Thannas Schultern gelegt und auch Faruna war näher an Grannus herangerückt.

»Aber Oisra klammerte sich an den steinernen Owsello und drückte ihr Ohr an seine kalte Oberfläche, damit sie inmitten

des Lärms sein Brummen hören konnte. Sie durfte nicht zulassen, dass eine Kreatur der Nacht ihr den Mann wegnahm, der ihr Herz zum Pochen brachte. So saß sie die ganze Nacht, das Ohr an den Stein gepresst, und ließ sich von seinem tiefen Brummen Trost und Mut zusprechen. Schließlich bestieg der Sonnengott wieder seinen Wagen und reiste über den Rand der Welt. Die Geräusche verklangen, die Wesen verschwanden, bevor das Licht ihr erlaubte, sie zu sehen. Der Stein, an den sie sich lehnte, wurde wärmer, weicher. Oisra blickte auf, und da war Owsellos Gesicht, immer noch halb Stein, halb Fleisch. Sie stand auf und berührte seine Wangen, die sich durch den Tau feucht anfühlten. ›Ich habe die Nacht überlebt‹, sagte sie. ›Jetzt bist du frei.‹«

Einer der Jungen klatschte vor Freude in die Hände, aber der Vater legte die Hand auf die seines Sohnes und schüttelte den Kopf. Grannus' Bruder hatte gut zugehört. Frei. Oh Ogmios, warum hatte ich diese Geschichte gewählt?

»So glücklich Oisra auch war, Owsellos Augen blickten traurig. ›Das Schwerste kommt noch, liebe Oisra‹, sagte er. ›Um mich zu befreien und den Fluch von allen anderen zu nehmen, musst du den großen Kessel holen, den du dort drüben findest, ihn mit Wasser füllen und mich hineinheben. Verschließe den Kessel mit dem Deckel und lege einen schweren Stein auf ihn. Mache ein Feuer unter dem Kessel und bringe es zum Kochen. Egal, wie laut ich schreie, egal, was ich von dir verlange, du darfst den Deckel nicht öffnen! Erst wenn sich im Kessel nichts mehr rührt, darfst du ihn öffnen, und dann werde ich wieder ein Mensch sein und der Fluch wird aufgehoben sein. So lautet die Prophezeiung.‹«

Die Frauen schnappten nach Luft. Ich musste die Tränen unterdrücken, die meine Augen drückten. Ich hatte begonnen, diese Geschichte zu erzählen, ich würde sie zu Ende bringen.

»Diese Aufgabe klang in Oisras Ohren schrecklich. Aber ihr Herz sehnte sich so sehr danach, diesen Mann zu befreien, dass sie schließlich nickte und zustimmte, alles auszuführen, was er ihr aufgetragen hatte. Sie holte den Kessel und füllte ihn mit Wasser aus einer nahen Quelle. Sie trug den halb-Fels-halb-Menschen Owsello hinüber und hob ihn in den Kessel. Sie schloss den Deckel und legte einen schweren Stein darauf. Sie

zündete das Feuer an. Als das Wasser zu kochen begann, hörte sie Owsello schreien: ›Oisra! Hol mich raus! Ich halte es nicht mehr aus! Es ist zu heiß!‹ Oisra hielt sich die Ohren zu und wandte sich ab.

Bald kam Dampf unter dem Deckel hervor und der Mann schrie wieder: ›Oisra, rette mich! Ich werde sterben! Oh, diese Hitze!‹ Es roch nach gekochtem Fleisch, und Oswellos Stimme war voller Qualen. Oisra glaubte, ihr Herz würde vor Schmerz in Stücke gerissen werden. Endlich hatte sie den Mann gefunden, der ihr Herz zum Pochen brachte, und nun sollte sie seine Mörderin werden? Sie wollte den schweren Stein vom Deckel schieben, doch dann erinnerte sie sich daran, dass sie geschworen hatte, es nicht zu tun. Tränen liefen ihr über die Wangen, aber sie wollte nicht schwach werden. Sie starrte den Kessel an, aber sie zwang sich, ihn nicht zu berühren.

Bald tanzte der Deckel unter der Hitze und weiße Wolken stiegen auf. Aus dem Kessel kamen keine Schreie mehr, nur eine schwache Stimme: ›Oisra, liebst du mich nicht? Hast du kein Erbarmen mit mir? Bitte, mach auf.‹ Dann folgte ein herzzerreißendes Schluchzen.

Oisra fiel auf die Knie, hielt sich die Ohren zu. Ihr Herz pochte nicht, es hämmerte, riss, schrie. Aber sie würde nicht aufgeben. Er hatte gesagt, dass sie das tun musste, und sie würde es tun. Endlich war alles ruhig. Das Feuer erlosch. Oisra stand auf, wollte zum Kessel eilen und den Deckel aufreißen und fürchtete sich davor, was sie sehen könnte, wenn sie es tat.«

Ich musste nach Luft schnappen, denn der Sturm der Geschichte riss mich mit. Alle Augen starrten mich an, und es schien, dass sogar die Vögel den Atem anhielten.

»Sie öffnete den Deckel. Dort, im Wasser, lag Owsello, wieder ganz Mensch. Er erhob sich, und als er aufstand, nahmen auch alle Männer und Frauen, die zu Stein geworden waren, ihre menschliche Gestalt wieder an. Oisra und Owsello hielten sich lange, lange Zeit fest umschlungen. Und dann machten sich die beiden auf den Weg nach Hause, um Oisras Vater den Mann vorzustellen, den diese tapfere und starrköpfige Frau zu heiraten bereit war – von ganzem pochenden Herzen.«

Meine Zuhörer schwiegen für einen langen Moment. Ich spürte, wie meine Wangen von Tränen nass waren.

Oh, wie gerne wäre ich wie Oisra gewesen und hätte allem getrotzt und durchgehalten, bis ich Loïc den Klauen des *cynnedyc* entrissen hätte!

Jetzt schlugen sie alle mit ihren flachen Händen auf die Tische, dass die Schüsseln zu wackeln begannen. Ich lächelte, sah Thannas glückliches Strahlen zu Matunus.

Ja, ich würde Oisra sein. Egal, wie lange es dauern würde.

Kapitel 8

Regentag

Am nächsten Tag regnete es in Strömen, warmer, nährender Frühlingsregen, über den wir alle nicht unglücklich waren. Der Besuch von Matunus' Familie hatte bis zum frühen Abend gewährt, und selbst als sie sich auf den Heimweg gemacht hatten, war die Stimmung noch feierlich und aufgeregt. Thanna nahm mir wieder den Schmuck ab, den sie mir geliehen hatte, damit ich nach der Bardin aussah, die ich war – eine bunte Kette aus Glasperlen, ein schmaler Armreif, ein glänzender Kamm, meine Haare hochzustecken – und wir fanden beide wenig Gefallen daran, nun noch zu den Tieren zu gehen, so sauber und nach Blumen duftend wie wir waren. Doch die Schweine zeigten wenig Verständnis dafür, dass sie ihr Futter später erhielten und grunzten missmutig, drängten sich gierig uns entgegen, sodass ich beinahe zu Sturz gekommen wäre. Die Bardin, die im Dreck lag ... das hätte Morfran Anlass zum Schelten gegeben und Tegid zum Lachen.

Es war das erste Mal auch, dass Thanna nicht schweigend neben mir im Bett lag, sondern flüsternd noch mit mir plauderte, mir von Matunus erzählte, vom Hof seiner Eltern, den Kindern, die sie haben würde. Sie merkte nicht, dass mich dies schmerzte. Ich hoffte, dass ihre Eltern Ruhe einforderten, doch die schliefen beide bereits, Grannus müde von Met und Bier, Faruna von all den Vorbereitungen. Es war spät, als auch wir endlich einschliefen.

Müde hatten wir in der Früh die nötigen Arbeiten erledigt und nun saßen wir neben dem Feuer, lauschten dem Plätschern des Regens auf dem dicken Schilfdach. Faruna stand am Webstuhl neben der offenen Türe, durch die kühle Luft und graues Licht hereindrang, und das regelmäßige Schlagen des Webschwerts und das leise Klackern des Litzenstabs, wenn er bewegt wurde, ergänzte die Melodie des Regens.

Thanna legte plötzlich die Handspindel zurück in den Korb mit Vlies und sprang auf.

»Komm!«, sagte sie zu mir und hielt mir die Hand hin. Ihre Mutter sah über die Schulter zu uns, eine Falte zwischen den Augen. Auch Grannus blickte von seiner Arbeit auf. Er war dabei, einen Griff für ein Werkzeug zu schnitzen.

Mir war es nur recht, die Spindel zur Seite zu legen. Meine Finger waren müde.

Thanna zog mich zu einer der Truhen, die der Wand entlang standen. Sie holte Kleidungsstücke heraus und breitete sie auf ihrem Bett aus.

»Lass uns sehen, was noch ausgebessert und geflickt werden muss, ehe ich Matunus' Weib werde.«

Es waren schlichte Stücke in guter Verarbeitung. Zwei lange Camisiae, eine in einem dunklen Blau, eine in einem hellen Gelb, die sie gestern getragen hatte. Zwei Peploi, beide in grün, aber mit Borten in unterschiedlich bunten Mustern am Saum verziert. Und zwei große Tücher, eines aus dünnem Leinen und eines aus dicker Wolle. Thanna betrachtete jedes einzelne Kleidungsstück genau.

»Sieh, die Borte löst sich, und hier, es hat einen Riss ...«

Lange hielt sie den warmen Umhang in Händen. Dann wandte sie sich lächelnd zu mir.

»Matunus' Mutter wird mir einen neuen schenken, wenn wir Vermählung feiern, denn dann bin ich unter dem Schutz ihrer

Familie und das Ritual verlangt es so. Ich will, dass du ihn nimmst.«

Das Klackern des Webschwerts verstummte. Ich fühlte Farunas Blick in meinem Rücken. Thanna drückte mir das dicke Tuch in die Hände. Der Stoff war weich, in einem grünen und braunen Karo gewebt und dann gefilzt. Mit einem Umhang wie diesem konnte einem auch Regen wenig anhaben.

Grannus räusperte sich. »Ja. Das ist nur recht. Man entlohnt Barden, dass sie nicht Schmählieder singen.«

Ich fühlte Hitze in meine Wangen schießen. »Ich würde nie Schmählieder über euch singen! Ihr habt mich gerettet, mich bei euch aufgenommen, als ich nicht weiter wusste. Obwohl ich verflucht ...«

»Kein Wort mehr!«, sagte Grannus. »Thanna hat recht, so wie du bist, können wir dich nicht in die Welt hinaus schicken, wenn es soweit ist.«

Der Litzenstab am Webstuhl wurde lauter als nötig in seine Halterung gelegt.

Grannus hob mahnend die Augenbrauen. »Wie stünden wir da, Weib, wenn wir einer Bardin nicht helfen würden, die uns so fleißig zur Hand geht?«

Faruna trat zu Thanna und mir her, atmete langsam und mit einem leise pfeifenden Geräusch ein. Sie betrachtete den Umhang in meiner Hand.

»Wenn ihr meint«, sagte sie schließlich und kehrte zum Webstuhl zurück.

Grannus erhob sich, ächzte leicht dabei.

»Was brauchst du, Arduinna?«

Ich setzte mich auf die Kante des Bettes, den Umhang noch immer in Händen. Er war so warm und weich. Wie eine Umarmung.

»Als wir ... als ich ... meine Sachen packte, da ist manches zurückgeblieben ...« Ich zog meinen Beutel zu mir, der vor dem Bett lag.

Der kurzhaarige Hund kam herbei, setzte sich neugierig daneben.

»Tut mir leid«, sagte ich zu ihm, »da sind keine Essensvorräte darin.«

Ich knotete die Bänder auf, die die geölte Tierhaut verschlossen. Nach und nach legte ich all meinen Besitz neben Thannas Kleider auf das Bett.

»Ich habe noch ein Kleid, eine kupferne Schale, zwei Sätze Darmsaiten für meine Leier und einen Tiegel voll Fett, um das Holz meiner Leier zu pflegen. Einen Hornkamm, eine Fibel. Eine Flöte und einen kleinen Spiegel, wohl das Wertvollste, das ich noch besitze.«

Ich betrachtete die Sachen auf dem Bett.

Faruna schnaubte verächtlich.

»Kein Silber, kein Schmuck, kein Messer oder sonst etwas Nützliches. Du hast nicht sehr klug gepackt, würde ich sagen. Die Liebe hat dich wohl blind gemacht.«

Hitze kroch mir den Nacken hoch.

»Nein«, sagte ich beinahe trotzig. »All diese Dinge waren in einem Beutel an meinem Gürtel, für den Fall, dass das Packpferd verloren ging. Aber der Gürtel ... sie gaben mir keine Gelegenheit, ihn zu nehmen, als sie uns weckten.«

Thannas Finger strichen zart über die Flöte, die aus einem Rehknochen gefertigt war. Ich spielte sie kaum, denn wie sollte man währenddessen erzählen oder singen? Doch Morfran hatte darauf bestanden, dass ich auch dieses Instrument lernte. Auf der Leier konnte er mir nichts mehr beibringen, ich war bereits Bardin, als ich zu ihm kam, also musste er wohl etwas anderes finden, mit dem er mich quälen und auf der Stufe einer Schülerin halten konnte. Nur, weil ich jünger war, als Barden es üblicherweise waren.

Genau wie er.

»Das ist wirklich eine edle Camisia«, sagte Thanna leise.

Ja, es war ein Kleid, der Halle eines Reix würdig, der Stoff zart und fein in einem hellen Blau wie das Meer an einem Sommertag, und an den Ärmeln und am Saum mit einer golddurchwirkten Borte versehen. Morfran hatte es mir gegeben, eh wir nach Vesontio reisten, damit ich den Ruf der

Sequaner steigerte, wenn ihre Bardin ein Kleid wert einer Rigana, der Frau eines Reix, trug.

Faruna kam nun neugierig doch hinzu.

Ich sah von ihr zu Thanna, ließ den Blick auf meine Sachen auf dem Bett gleiten. Diese Menschen hier waren gut zu mir, die meisten von ihnen. Ich lernte so vieles, das meine beiden Maistirs mich bis jetzt nicht gelehrt hatten. Ich wusste, dass Faruna mich nie mögen würde, egal, wie sehr ich mich bemühte, hilfreich zu sein. Vielleicht hatte sie Angst, dass der Fluch, der auf mir lag, sich irgendwie auf sie auswirkten würde. Vielleicht hasste sie auch jede Frau, die ihr Mann freundlich behandelte.

Ich lächelte Thanna an.

»Was hältst du davon, wenn ich mit dir tausche? Du nimmst das hellblaue Kleid und ich dafür das dunkelblaue von dir.«

Ein Quietschen entwich Thannas Mund.

Grannus grinste. »Du wirst bei deiner Vermählung darin strahlen wie eine Rigana.«

Faruna räusperte sich. »Das ist ein großzügiges Geschenk.«

»Ich fürchte, ich werde nun andere Dinge benötigen als ein prunkvolles Kleid, wenn ich meinen Weg finden soll.«

Ich dachte an Oisra aus der Geschichte, die ich gestern erzählt hatte. Und ich war froh, alles loszuwerden, das mich an Morfran erinnerte.

Faruna nickte. Ihr Blick streifte rasch über die Dinge auf dem Bett, abschätzend und mit einem kleinen Nicken.

»Lass mich dir einen Vorschlag machen. Ihr tauscht das Kleid und du gibst mir den Spiegel. Dafür werden wir dir geben, was du benötigst – ein Messer, einen Gürtel und Beutel dazu, ein Feuereisen. Schuhe.«

Ich betrachtete den Spiegel, der kleiner war als meine Handfläche. Er war eine feine Bronzearbeit, glatt glänzend die eine Seite, mit einem Spiralmuster die andere verziert. Der Reix der Carnuten hatte ihn mir geschenkt. Ich nickte. Ein gutes Messer war wichtiger.

Thanna klatschte in die Hände. »Oh, danke, danke!«

Den Rest des Tages verbrachten wir damit, aus Leder einen Gürtel für mich zu fertigen und einen kleinen Beutel dazu, ebenso eine Scheide für das Messer, das Grannus mir gab, und ein Paar Bundschuhe aus dickem Schweinsleder. Wir saßen am Feuer und Thanna plapperte die ganze Zeit davon, wie schön sie sein würde, wenn sie mein Kleid trug, während wir mit einem dünnen Ahle Löcher in das dicke Leder stachen, um es mit feinen Sehnen und einer Knochennadel nähen zu können.

Abends, während die anderen draußen waren, die Tiere einzusperren und zu füttern, betrachtete ich meinen neuen Besitz. Der Gürtel war schlicht, aber mit einem hübschen Haken zum Verschließen und aus einem guten, dicken Leder. Der Beutel daran enthielt ein Döschen aus Birkenrinde mit einem Schlageisen, einem Feuerstein und etwas Zunder. Und das Messer in seiner Scheide, die ebenfalls am Gürtel hing, war scharf und sein Griff passte gut in meine Hand. Ich legte noch die Schleuder dazu, die ich gemacht hatte. Die Schale aus Bronze, die die Rigana der Carnuten mir geschenkt hatte, ließ sich mit dem Loch an dem kurzen Griff ebenfalls an den Gürtel hängen, sollte ich das wollen. Sie würde mir auf meinen Wegen als Trinkschale und als Kochgeschirr dienen. Ein sehr kleines Kochgeschirr, wahrlich, gerade so groß wie meine zwei hohlen Hände, aber besser als keines. Ich würde nicht viele Menschen bewirten ...

Ich fühlte ein Zittern in meinem Körper, wusste nicht, ob es Angst oder Aufregung war. Lange konnte ich nicht mehr bleiben. Grannus hatte mit Matunus' Vater vereinbart, dass ich den nächsten halben Mond bei ihnen verbringen würde. Mit Glück kannten auch sie ein Gehöft, das mich danach aufnahm. Es war mir unmöglich, mir vorzustellen, wie mein Leben weiterhin aussehen würde. Ich wusste nur, dass ich mich in der kurzen Zeit, die ich hier verbracht hatte, noch nicht an das Leben auf einem Bauernhof gewöhnt hatte. Mein Körper schmerzte noch immer von der harten Arbeit, mein Geist befand sich noch immer in einer Traumwelt und diente mir nicht so, wie er sollte.

Thanna riss mich aus meinen Gedanken, als sie hereintrat, zwei der Hunde mit ihr, die sich den Regen aus dem Fell schüttelten.

»Komm mit«, sagte sie. »Das musst du sehen.«

Kapitel 9

Die Schafe

hanna zog mich mit sich nach draußen. Die Dämmerung tauchte alles in ein bläuliches Licht. Der Regen war etwas schwächer geworden, der freie Platz zwischen den Gebäuden mit Pfützen gesprenkelt. Unter dem Vordach des anderen Hauses stand Grannus' Bruder mit dem alten Alus und werkte an etwas, sie grunzten beide vor Anstrengung. Die Kinder waren wohl schon alle drinnen im Warmen. Aus dem Stall hörte ich Grannus' und Farunas Stimmen und aus der Scheune den Gesang zweier Frauen, wohl von Grannus' Bruderfrau und der Alten. Ich fragte mich, was Thanna mir zeigen wollte.

Wir eilten hinüber, zwischen Scheune und Haus hindurch, weiter durch den Durchlass in der Hecke hier, der zur Weide führte. Meine bloßen Füße machten saugende Geräusche auf dem nassen Erdreich, platschten in den Pfützen.

Unter einem Baum auf der Wiese hielten wir an. Vier Schafe standen hier eng aneinander gedrängt, um sich vor dem Regen zu schützen. Das dachte ich zumindest, fragte mich aber zugleich, warum es die anderen fünf Schafe so gar nicht störte, unter freiem Himmel zu stehen.

Die Tiere unter dem Baum wichen ein wenig zur Seite, als wir kamen, und blökten leise.

Thanna strahlte mich an.

»Drei!«, sagte sie. »Das geschieht nur selten, ich denke, es ist ein Zeichen der Götter, das Fülle und Glück verspricht.«

Nun sah ich es. Drei kleine Lämmchen, noch ganz wackelig auf ihren dünnen Beinchen, staksten um ein Muttertier herum. Eines schob sich unter ihren Bauch, stupste mit der Schnauze gegen das Euter, saugte gierig.

»Sie trinken alle, selbst das Kleinste, das ist gut.« Thannas Stirn legte sich sanft in Falten. »Hoffen wir, dass es so bleibt.«

Wir gingen beide in die Hocke, rafften unsere Kleider, dass sie nicht dreckig wurden. Die drei Lämmchen waren wirklich entzückend. Die Mutter sah uns aufmerksam an, während die anderen Schafe rings um sie das Interesse verloren und sich wieder dem Grasen widmeten. Vorsichtig streckte ich meine Hand aus. Eines der drei Lämmchen, es war von einem gelblichen Weiß und die glänzenden Augen riesig, stakste zu mir und stieß neugierig und suchend gegen meine Finger. Wie weich die Schnauze doch war und wie winzig. Das Kleine gab ein forderndes *Määh* von sich, dann ein paar leisere, fragendere Laute. Sogleich eilte seine Mutter herbei und schob sich zwischen ihren Nachwuchs und mich.

Thanna lachte. »Das ist wie du. Stakst unbeholfen herum und weiß durch seine Worte zu erlangen, was es will!«

Ich lachte ebenfalls, aber ihre Bemerkung traf mich. Ich stakste also unbeholfen herum. Das wollte ich nicht auf mir sitzen lassen. Offensichtlich sah man mir meine Verärgerung an, denn Thanna legte mir die Hand auf die Schulter.

»Komm, so war das nicht gemeint. Ich könnte nie so schöne Lieder singen wie du oder so geschickt auf der Leier spielen – bei Bel, ich kann überhaupt nicht Leier spielen. Aber du musst zugeben, von den Dingen, die auf einem Hof nötig sind, hast du nicht allzu viel Ahnung.«

Ich senkte den Kopf. Sie hatte ja recht. Tegid mochte mir von den Pflanzenwesen der Welt Geschichten erzählt haben und Lieder gesungen haben über die Arbeit der Menschen, ich hatte an Tieropferungen mitgeholfen und durchaus auch mal eine Ziege oder gar eine Kuh gemolken, aber mir fehlte die Übung darin und die Selbstverständlichkeit. Ich schmunzelte, als das Lämmchen sich zwischen seine beiden Geschwister drängte und eines zur Seite stieß, um ebenfalls an das Euter der Mutter zu gelangen. Es mochte das Kleinste sein, aber es war stur und entschlossen und wurde mit jedem Schritt, den es tat, sicherer. Ich würde es mir zum Vorbild nehmen.

Unruhe machte sich plötzlich breit. Die Schafe auf der Wiese hoben ihre Köpfe, drängten sich aneinander. Thanna richtete sich auf, sah sich suchend um. Der Regen war wieder stärker geworden, die Abenddämmerung ließ alles zu Umrissen und Schatten werden. Ein junges Schaf stand abseits der kleinen Herde und blökte nach seiner Mutter. Thanna zog mich hoch, flüsterte.

»Da ist etwas.«

Im nächsten Augenblick schoss einer der Hunde an uns vorbei, laut bellend. Er stürmte zum anderen Ende der Wiese, wo der Wald begann. Aus dem Schatten sprangen unvermittelt drei Wölfe, fletschten die Zähne, knurrten. Der Hund stellte sich ihnen in den Weg, bellend, die Haare im Nacken standen empor, wie kurz ehe der Blitz einschlägt.

Thanna begann lautstark zu schreien und packte ihre Schleuder aus ihrer Tasche. Ich fluchte, mein Gürtel mit all meinem neuen Besitz lag auf dem Bett. Doch ich lief mit ihr, schrie ebenfalls, schwenkte die Arme über dem Kopf, um die Tiere zu verjagen. Ein vierter Wolf tauchte auf, unbeirrt von den anderen schlich er auf das abseits stehende Lamm zu. Die Schafherde blökte ängstlich, schob sich immer enger hektisch im Kreis herum. Der Bock löste sich daraus, machte ein paar stampfende Schritte auf die Wölfe zu, stürmte zurück, wiederholte dies. Hinter uns hörte ich weiteres Schreien und Bellen. Ein Stein flog von Thannas Schleuder, traf einen Wolf. Er jaulte auf, fletschte die Zähne. Ein Hund raste an mir vorbei, baute sich vor dem wilden Tier auf, ich rannte hinterher, benützte ihn als Schutz und schnappte das Lamm. Weitere Steine flogen, ich konnte nicht sagen, woher. So rasch, wie die Wölfe gekommen waren, verschwanden sie wieder im Wald, verfolgt von noch mehr Steinen und Geschrei. Mein Herz klopfte vor Angst, während ich das Lamm an meine Brust presste. Es zitterte und trat mit seinen Beinen um sich. Ich drehte mich um und rannte zurück zu den Schafen, setzte das Lamm ab. Ich sah dorthin, wo sich die Wölfe mit dem Schatten des Waldes vermischt hatten. Mein Herz klopfte immer noch schnell und doch empfand ich Schönheit in den Bewegungen ihrer langen Beine, der Lautlosigkeit ihrer Schritte.

Die Hunde bellten noch lautstark ihren wilden Verwandten hinterher. Thannas Familie stand nun um uns, alle keuchend vom hastigen Lauf. Auch die kleinen Kinder und die Alten kamen nun auf die Weide gehastet, so schnell ihre Beine sie trugen.

Die Aufregung war groß. Es geschähe selten, dass die Wölfe nicht sofort wieder verschwanden, wenn sie die Hunde hörten.

»Ein Burschenrudel«, sagte Grannus' Bruder. »Wie ein Trupp plündernder Krieger sind die, die von ihren Familien ausgestoßen wurden, um den Leitwolf nicht herauszufordern.«

Grannus nickte. »Das ist schlecht, dass sie hier sind. Sie sind noch nicht geschickt genug auf der Jagd, um Rehe und anderes Wildtier zu erbeuten, dann müssen die Schafe herhalten.«

»Verdammte Biester«, sagte Thanna.

»Sie waren sehr dünn«, fügte Lenus hinzu.

»Ich hoffe, sie kommen nicht zurück«, sagte einer der Buben.

»Das wagen sie nicht! Die Hunde haben sie ordentlich verjagt!« Der Junge, der das sagte, ließ immer noch einen Stein in seiner Hand hüpfen.

»Gemeine, bösartige Viecher«, sagte Faruna. »Man sollte sie alle töten, nicht verjagen.«

»Das werden wir«, sagte Grannus und legte ihr die Hand auf die Schulter. »Keine Sorge, das werden wir.«

Ich sagte nichts. Alles was ich gesehen hatte, war der Glanz der Götter des Waldes in ihren Augen ... Ich hatte wahrlich nicht den Kopf eines Bauern, sondern die Augen eines Barden, geschult darin, in andere Reiche zu blicken.

Wir trieben die Schafe zum Stall zurück. Grannus' Bruderkinder trugen sorgsam und mit Freude die drei neugeborenen Lämmchen. Ihr Vater wuschelte seinem jüngsten Sohn durch das Haar.

»Das bedeutet Glück und Wohlstand für uns diesen Sommer, da können auch die Wölfe nichts daran ändern.«

In jener Nacht träumte ich von den Wölfen und Lämmern. Ich war wie sie, Lamm und Wolf zugleich. Unbedarft in der Welt wie die kleinen Lämmchen, voller Sehnsucht nach der Nähe und dem Schutz der Mutter, die ich nie gekannt hatte. Aber ich konnte auch den Wolf in mir fühlen, die Kämpferin, bereit, zu töten, um zu leben. Ich hatte nicht gewusst, dass das in mir steckte, aber als ich heute diese Wölfe sah, die ersten, die ich je aus der Nähe gesehen hatte, wollte ich so sein wie sie. Sie waren aus dem Nichts aufgetaucht und wieder verschwunden, verschmolzen mit dem Wald um sich herum. Sie taten, was sie tun mussten, um zu überleben. Und sie waren schön, ohne die Unterwürfigkeit der Hunde.

Und plötzlich lag ich wach, starrte mit offenen Augen in die Dunkelheit. Thanna neben mir schlief tief und fest. Aus dem Bett ihrer Eltern drang kaum hörbar Schnarchen, die Hunde waren alle draußen heute, strichen um den Hof. Es war still, nur ein Käuzchen schrie drüben im Wald.

Ja, es konnte sein, dass ich wie ein Wolf würde leben müssen. Dass ich nicht immer von Hof zu Hof, von Dunon zu Dunon oder von Dorf zu Dorf reisen konnte, bis ich es schaffte, das Gebot zu lösen. Sondern dass ich alleine durch die Wälder streichen musste, ohne ein helfendes Burschenrudel, fern aller Menschen und Siedlungen. Ich war nicht mehr länger Teil der Herde wie die Lämmer.

Eiskalt wurde es mir. Im Wald würde ich nicht Geschichten und Lieder zum Besten geben können, um mir eine Mahlzeit zu verdienen. Als ich mit Thanna mit der Schleuder übte, da war mir schon bewusst gewesen, dass ich damit jagen können wollte. Aber erst jetzt wurde mir klar, dass es nicht um eine Aufbesserung einer kargen Wegzehrung ging, sondern vielleicht ums Überleben viele Monde lang.

Kapitel 10

Fallenstellen

»Kannst du mich lehren, Fallen zu stellen?«, fragte ich Grannus am nächsten Morgen.

Er sah von seiner Schale voll Brei auf, schleckte seine klebrigen Finger ab.

»Nicht heute, Arduinna. Ich muss zur Dunon. Aber du kannst den alten Alus fragen, er ist noch wesentlich geschickter darin als ich.«

Faruna, die gerade die Decken hinaustrug, um sie auszuschütteln, schnaubte leise.

»Besser, sie hilft hier mit, die Mädchen sollen Giersch sammeln gehen, ehe er zu sehr auswächst, Gundermann braucht es auch wieder und Rippenkraut.«

Der Frühling war die Zeit, in der die Lebensmittelvorräte zur Neige gingen, die Ernte des letzten Sommers aufgebraucht war und die neue noch lange auf sich warten ließ. Es war die Zeit des Jahres, in der das Grün der Natur sich als wichtig erwies und die Menschen mit frischen Lebensmitteln und Heilmitteln voller erwachender Erdkraft versorgte.

Grannus warf ihr einen mahnenden Blick zu.

»Es kann nicht schaden, wenn sie Fallenstellen lernt.«

»Es kann nicht schaden, wenn sie essbare von giftigen Kräutern unterscheiden lernt.«

Ich wagte ein scheues Lächeln. »Ich bin bei Kräutern um einiges geübter als bei Fallen.«

Faruna sog die Luft ein, ging ohne ein weiteres Wort hinaus.

Grannus lächelte müde. »Du weißt, was du willst.«

»Ich habe vor, zu überleben«, sagte ich. »Und ich habe schon zu viel Zeit vergeudet.«

Ich hatte immer getan, was meine Maistirs mir befohlen hatten - bis zu dem Tag, an dem ich mit Loïc floh. Aber zum Barden-Dasein gehörte auch, dass andere mich und das, was ich tat, respektierten, dass Leute wie Grannus und seine Familie es nicht einmal gewagt hätten, ohne einen dringenden Grund mit mir zu sprechen. Das Wissen, dass ich ohne seine Hilfe verloren gewesen wäre, hatte mich dazu gebracht, alles hier bereitwillig zu dulden. Aber der Mond nahm ab, und ich war noch nicht so weit, auf mich allein gestellt zu sein. Ich musste mehr Wolf als Schaf werden, erinnerte ich mich.

Grannus wischte mit den Fingern seine Schüssel aus und stellte sie zu anderen in ein Regal an der Wand. Jede von ihnen trug ein anderes Muster und seine war die größte.

Er stand einen Augenblick da und sah das Geschirr an. Dann drehte er sich zu mir.

»Ich habe es bis jetzt nur in Geschichten gehört, in alten Legenden, dass Menschen mit einem Gebot belegt werden. Und in allen Geschichten sind es Männer, große Helden. Oder Verbrecher. Doch du ... du bist eine junge Frau. Ich habe dich am Abend davor in der Halle singen gehört, wunderschön. Als ich dich am Morgen auf dem Platz davor knien sah, während der Barde diese grauenvollen Worte sprach ... ich habe Thanna vor mir gesehen.«

Er wandte sich wieder dem Regal zu, schob eine Birkenrindendose zurecht.

»Geh zu dem Alten. Lern, was du kannst.«

Ich war schon beinahe aus dem Haus hinaus gelaufen, da rief er mir noch nach:

»Vielleicht bringe ich ja morgen gute Nachricht von der Dunon.«

Ich stockte, als hätte man mich mit einem Seil eingefangen. Nachricht von der Dunon.

Ich sah zu Grannus hin, der seinen Gürtel umband. So viel wollte ich ihn bitten. Ich wollte alles wissen. War Morfran noch dort? Bereute er vielleicht, was er getan hatte? War der Reix der Mandubier noch auf der Dunon, hatte Loïc wirklich dessen Tochter zum Weib genommen? Suchte Loïc mich? Vor allem aber wollte ich, dass Grannus Loïc sagte, dass es mir gut ging. Doch kein Wort kam über meine Lippen, all diese Gefühle und Fragen standen einander im Weg.

Grannus nickte, schnappte seinen Beutel, der bereits gepackt neben der Feuerstelle lag. Er trug heute erneut die blutroten Braccae, in denen ich ihn das erste Mal gesehen hatte.

»Ich will dir morgen alles erzählen, wenn ich zurückkomme.«

Ich schritt hinter ihm aus dem Haus, plötzlich zittrig.

Lenus hatte bereits den Ochsenkarren angeschirrt.

Thanna und Grannus' Bruderfrau Bandua verluden noch einige kleine Säcke auf die Ladefläche. Der Morgen war sonnig und die Luft dampfte vom Regen des Vortags, wie eine dünne Decke lag Nebel über dem Stück Feld, das ich zwischen den Häusern sehen konnte.

Ich griff Grannus am Arm, er blieb stehen und sah auf meine Hand auf seiner Camisia. Ich zog sie zurück, voll Verlegenheit, ihn berührt zu haben.

Ich nestelte die Fibel aus der linken Schulter meines Peplos. Der Stoff des Übergewandes fiel auseinander, hing nun nur an einer Seite, wie ich es bei Römern mit ihren Umhängen gesehen hatte.

»Könntest du das Loïc … dem Sohn des Reix der Sequaner.«

Grannus schloss seine schwielige Hand um meine, nahm die Fibel. Es war ein schlichtes altes Ding, eine doppelte Schnecke, kleiner als mein Handteller.

»Und es soll wohl keiner wissen«, stellte er fest und steckte die Fibel in seine Gürteltasche. Ich nickte.

Wir sahen ihm alle nach, wie er mit Lenus gemeinsam davonfuhr. Faruna straffte sich, sobald der Karren durch die Hecke verschwunden war.

»Thanna, komm, wir haben Arbeit genug.«

Ihre Tochter eilte zu ihr, doch mir warf Faruna einen Blick zu, der nicht freundlich war, aber mich doch freigab, zum Haus gegenüber zu laufen.

Der alte Alus war durchaus froh, mit mir hinauszugehen. Er hatte soundso vorgehabt, die Wolfsspuren genauer zu betrachten. Er war ein sehniger Mann, grauhaarig, doch mit einer Weichheit in seinen Bewegungen, die mich an die Wölfe gestern erinnerte. Seine Füße machten kein Geräusch, als wir durch den Wald strichen, während es mir immer und immer wieder geschah, dass ich auf dünne Ästchen trat, die dann laut knackend unter meinen Füßen zerbrachen.

Doch Alus sagte nichts.

Wir trugen zwei lange Stäbe mit uns, wie Reisende sie benutzten, doch ihr eines Ende war angespitzt, einem dicken Speer gleich. Wir hatten einen Bogen durch den Wald gemacht und befanden uns nun dort, wo die Wölfe zur Weide gekommen waren. Ihre Spuren waren im feuchten Boden deutlich zu sehen, tiefe Abdrücke mit scharfen Kanten. Alus hockte sich nieder, lenkte meine Auferksamkeit darauf.

»Kannst du erkennen, wer von ihnen hinkt?«, fragte er.

Ich sah mir die Spruen im weichen Boden genau an. Zuerst schien es ein Wirrwarr von Pfotenabdrücken zu sein, die nicht zu unterscheiden waren. Doch langsam begann ich, Ähnlichkeiten zwischen bestimmten Abdrücken zu erkennen, und nach einer Weile zeigte ich auf einen von ihnen.

»Dieser hier. Sie sind ungleichmäßig verteilt, verglichen mit den anderen.«

Alus hob die Augenbrauen. »Sehr gut!«

Ich ließ meine Finger einen weiteren Abdruck nachzeichnen und fühlte die Delle, die er im schlammigen Boden hinterlassen hatte. Ich fragte mich, wie sich die Pfoten des Wolfes anfühlten.

»Und war dieser hier der kleinste? Seine Pfotenabdrücke liegen viel enger beieinander als die der anderen.«

Alus nickte und lächelte.

»Du hast gute Augen. Du bist vielleicht nicht für das Leben auf einem Bauernhof geboren, aber du hast ein gutes Gefühl für den Wald.«

Seine Worte erwärmten mein Herz und ließen mich ein kleines bisschen weniger Angst davor haben, allein unter den Bäumen zu leben.

Dann stand er wieder auf und sah mich an, ein verschmitztes Lächeln im Gesicht. Er legte seinen Wanderstab und den Beutel, den er über die Schulter trug, ab und seine Finger fuhren unter seinen Gürtel, nestelten an den Bändern seiner Hose.

Ich schluckte. Siedend heiß fiel mir ein, was Thanna erzählt hatte. Hatte sie von dem Alten gesprochen oder von Grannus' Bruder, der sich an den Mädchen …? Ich wich einen Schritt zurück. Ich musste wohl rasch lernen, dass ich nun nur noch mich hatte, um mich zu beschützen. Meine Hand fasste den Haselstab fester, bereit, mich zu wehren … doch wehren, gegen einen meiner Gastgeber?

Alus jedoch beachtete mich nicht. Er ging langsam rückwärts, quer zu der Spur, und pinkelte mit kurzen Unterbrechungen eine Linie auf den Boden.

Ich sah wohl drein, als wäre die Sonne grün geworden.

»Macht man das bei euch nicht? Hält die Wölfe auf, bis zum nächsten Regen, mit Glück. Zeigt ihnen, dass wir hier herrschen.«

Er grinste, hatte ganz offensichtlich Vergnügen an meinem Schreck.

Nun fiel es mir ein. Tegid hatte unser Lager so umzäumt, wenn wir unterwegs eine Nacht im Wald verbringen mussten.

»Du kannst gerne auch«, sagte Alus und schüttelte seine schlaffe Männlichkeit, um noch ein paar Tropfen herauszuquetschen.

»Ich … war erst«, stotterte ich.

»Dann komm«, sagte der Alte und band seine Hose wieder zu. »Wenn wir Fallen aufstellen wollen, dann nicht hier, wo sich die nächsten Tage kein Hase oder Dachs her traut.«

Wir gingen tiefer in den Wald. Die ganze Zeit deutete Alus auf alle möglichen Dinge, wie Löcher zwischen den Wurzeln, wo Mäuse lebten und Zunderschwämme an Baumstämmen. Er benannte Sträucher, deren Früchte man essen konnte und war erfreut, dass ich die meisten davon kannte.

Aber als er mich fragte, wo die Sonne heute Abend untergehen würde, war ich verloren. Die Bäume waren bereits so dicht belaubt und die Wolken hatten sich ausgebreitet, dass ich Lug in seinem Sonnenwagen nicht mehr deutlich sehen konnte. Ich hatte mich noch nie in einem Wald zurechtfinden müssen. Ich war Tegid gefolgt oder hinter Morfran geritten.

Alus steckte einen Ast in den Boden und legte einen Stein dorthin, wo der blasse und gebrochene Schatten, den er warf, endete. Ich betrachtete das Gebilde und versuchte, mir einen Reim darauf zu machen.

»Die Sonne steht also in dieser Richtung, was bedeutet, dass Norden nicht dort sein kann.«

Alus nickte, sagte aber nichts.

»Aber Norden kann nicht einfach am Ende des Schattens des Stocks sein, außer zur Mittagszeit. Lug - oder Bel, wie ihr ihn hier nennt - bewegt sich durch den ganzen Himmel.«

Wieder nickte Alus, die Arme verschränkt, ein belustigtes Lächeln auf den Lippen. Wir warteten schweigend, bis sich der Schatten ein wenig bewegt hatte. Die dunkle Form war kaum noch zu sehen. Alus legte einen weiteren Stein an das Ende.

»Sie bilden eine Linie«, sagte ich.

»Ja. Es wäre einfacher, wenn weniger Wolken über den Himmel eilen würden.«

»Und die Linie ...« Ich dachte einen Moment nach und zeigte dann auf den Stein, den er zuerst platziert hatte. »Sie verläuft von West nach Ost.«

Er lächelte und führte mich weiter.

»Wer auch immer dir beigebracht hat, dein Gehirn zu

benutzen, hat das gut gemacht«, sagte er. Ich dachte an Tegid. Er hätte sich sicher gefreut, das zu hören.

Wir gingen ein Stück weiter und Alus summte ein Lied. Er genoss offensichtlich unseren Besuch im Wald.

»Ich mag kein Barde sein, der so ausgeschmückte Geschichten erzählen kann wie du«, sagte er, als wir über einen dicken, gefallenen Baum kletterten. Er maß ihn mit seinen Blicken, nickte. »Den werden wir uns holen«, sagte er. »Ich kann auch nicht so schön singen, aber was der Wald uns zu sagen hat, das weiß ich.«

»Ja«, antwortete ich.

»Auch du hast ein Gefühl dafür. Vielleicht auch das Ohr. Du musst nur immer gut zuhören«, fuhr er fort und hielt inne, die Hand in der Luft. Er schwieg einen langen Augenblick. »Schweigen und zuhören, dann lernst du, was die Götter des Waldes dir zuflüstern.«

Ich musste leise lachen. Es war, als stünde Tegid neben mir. *Schweige und lerne*, hatte er gerne gesagt.

Alus grinste nun. »Und die Nase in den Wind halten, das hilft auch! Riechst du das?«

Ich drehte mein Gesicht in die Richtung, in die er das seine hielt, sog tief die Luft ein.

»Nein, nicht so«, sagte Alus. »Zarter, sieh.«

Seine Nasenflügel zitterten, als er die Luft in kleinen Zügen einatmete, wie ein schnuppernder Hund, bis sein Brustkorb voll war. Genüsslich atmete er wieder aus.

Ich tat es ihm gleich.

»Ich rieche …« Ich konnte nicht verhindern, dass mein Mund sich in die Breite zog, lächelte. »Oh, wie riecht das vertraut! Das ist wie … eine Umarmung.«

Alus sah mich von der Seite her an, die Augenbrauen hochgezogen. Dies war wohl nicht die Antwort gewesen, die er erwartet hatte.

Doch ja, ich konnte zwar keine einzelnen Gerüche ausmachen, doch es hatte etwas, als läge ich in den Armen meiner Mutter. Ich war dort, wo Tegid mich als kleines Kind gefunden hatte, zwischen den Wurzeln einer Ulme, beschützt von den Göttern des Waldes. Sie würden mich wieder beschützen, dessen war ich nun sicher. Ich war ihr Kind. Alus schüttelte lachend den Kopf. Ich schnüffelte erneut, bemühte mich, ihm zu Gefallen zu sein und unter meiner Freude über diese kleine Heimkehr zu suchen, was er wollte, dass ich fand.

»Ist das ... modriges Laub, aber auch ... es riecht wie ... das Fett, das Tegid oft benutzte, Schwarzbart?«

Nun lächelte Alus zufrieden. »Genau. Der alte Grimmbart muss hier einen Bau in der Nähe haben.«

Er ging in die Hocke, schnupperte erneut und deutete mit der Hand nach rechts.

Ich sah es auch, ein dunkles Loch zwischen den Wurzeln einer alten Eiche, ein Eingang in das Reich der Göttin der Tiefe, von wo der grau-schwarze Genosse nachts schnaufend Geschichten herauftrug.

»Man muss sorgsam sein, wenn man ihn fängt. Nur wenn du bereit bist, morgen noch vor Sonnenaufgang hierher zu kommen, um den Grimmbart aus seiner Falle zu befreien, darfst du sie aufstellen. Die Götter des Waldes sehen es nicht gerne, wenn er sich im Tageslicht zeigen muss.«

Ich nickte, doch Alus lachte. »Nun, wir wollen den alten Gesellen leben lassen. Sein Fleisch ist nicht mein liebster Genuss und die Frauen haben noch genug von seinem Fett vom letzten Jahr, um unsere schmerzenden Gebeine einzureiben.«

Dennoch zeigte er mir, wie ich die Schlinge zu knoten und die Falle aufzustellen hatte. Meine Geschicklichkeit, seinen Knoten nachzumachen, gefiel ihm. Wir räumten das Seil wieder in den Beutel und gingen weiter.

Sonnengott Lug hatte längst seinen Heimweg angetreten, als auch wir zum Hof zurückkehrten.

Ich hatte so viel gelernt von dem alten Mann. Mehrere Fallen standen nun und warteten auf ihre Beute, manche nur aus Seil, manche mit Ästen, manche beinahe so aufwändig wie ein geflochtener Korb, alle mit verschiedenen Ködern bestückt. Ich war gespannt, was wir morgen darin finden würden.

»Danke«, sagte ich, ehe wir durch die Hecke zum Hof kamen, stellte mich auf die Zehenspitzen und drückte ihm einen Kuss auf die Wange.

Seine Haut war faltig und stoppelig, der lange Schnurrbart hob sich, als er mich lächelnd ansah.

»Oh, gerne wieder ... Es ist schön, einen eifrigen Lehrling zu haben.«

Er schmunzelte und pfiff eine Melodie vor sich hin, als er vor mir her auf den Platz zwischen den Häusern trat.

Für einen ganzen Tag hatte ich mich wieder gefühlt wie in der Zeit mit Tegid. Für einen ganzen Tag hatte ich vergessen, weshalb ich das denn alles lernen musste.

Kapitel II

Grannus' Rückkehr

Erneut wachte ich nachts auf und ich meinte, mich an Loïcs Stimme zu erinnern, die im Traum zu mir gesprochen hatte. Doch als ich wach in der Dunkelheit lag, war ich mir nicht mehr sicher. Zu klanglos war die Stimme gewesen, nicht mehr als ein sanfter Wind in den Blättern, ein Rauschen in meinem Kopf. Aber das Gefühl, das konnte mich nicht täuschen. Es glich jenem, das ich heute im Wald verspürt hatte, dem Gefühl von Heimat. Das Gefühl, das ich nie so bewusst und stark wie in Loïcs Armen empfunden hatte.

Ich kroch vorsichtig aus dem Bett. Thanna murmelte etwas, drehte sich auf die andere Seite. Die Türe knarzte leise, als ich sie gerade so weit öffnete, dass ich hindurch schlüpfen konnte.

Die Luft war kühl und ich bereute, meinen Umhang nicht mit genommen zu haben, wollte aber nicht wieder hinein gehen, ihn zu holen. Es war eine finstere Nacht, nur vereinzelt schienen Sterne zwischen den Wolken hindurch.

Ich hörte das Tapsen leiser Schritte und der kurzhaarige Hund erschien neben mir, stieß mich mit seiner feuchten Schnauze in die Seite. Ich ging neben ihm in die Hocke, kraulte ihn, und er streckte sich genüsslich. Sowohl die Hunde von

Grannus als auch die seines Bruders wurden hauptsächlich *Hund* genannt, obwohl ich mir sicher war, dass sie Namen hatten. Sie brauchten nicht einzeln gerufen zu werden, sondern gehorchten auf den Tonfall oder ein Winken mit der Hand. Aber der Kurzhaarige war für mich etwas Besonderes, denn er behandelte mich wie einen Freund. Er verbrachte die meiste Zeit im Haus, während die anderen Hunde die Schafe hüteten, wenn Grannus es ihnen befahl, oder mit den Kindern herumliefen.

Mein Blick glitt zum Himmel zurück. Der Mond war rund und prall gewesen, als Loïc und ich aus Vesontio flüchteten, nun war er nicht zu sehen. Zwei-mal-sieben Tage wurden es heute, ein halber Mond. Ich hatte das Gefühl, viel zu viel Zeit vergeudet zu haben, obwohl ich viel über das Leben an einem Hof gelernt hatte. Aber was hätte ich sonst tun können, um mich auf dieses neue Leben vorzubereiten? War dies nicht auch mein neues Leben? Was auch immer von nun an geschah, war einfach das, was mein Leben ausmachte. Die morgige Nacht würde ich noch hier verbringen, dann wollte Grannus mich zu Matunus und seiner Familie bringen. Gerade hatte ich erst begonnen, mich hier einzugewöhnen, schon musste ich weiter.

Ein halber Mond. Wie kurz das war. Aber andererseits ... Loïc und mir war kaum mehr als ein Mond vergönnt gewesen, mit verstohlenen Blicken in der Großen Halle, heimlichen langen Gesprächen und dem unbestreitbaren Wissen, dass wir von den Göttern füreinander bestimmt waren. Es bedurfte keiner jahrelangen Zweisamkeit, um von diesem Wissen umspült zu werden wie der Strand von Wellen.

Ich seufzte und der Hund schleckte mir über das Gesicht, seine Zunge rau und warm. Lachend wehrte ich ihn ab.

Aus dem kleinen Fenster des Hauses gegenüber war noch der Rest der Glut zu erkennen, die in der Feuerstelle gloste. Ich war froh, dass ich Matunus und seine Eltern und Geschwister bereits kennengelernt hatte. Wie sollte ich fremden Menschen denn erklären, warum ich als junges Weib ganz alleine durch die Welt zog?

Aus dem Stall drang leises Blöken, es klang fast wie das traumreiche Bellen eines Hundes im Schlaf. Gerne wäre ich nun zu den drei kleinen Lämmern gegangen, doch ich hatte keinen Kienspan bei mir, kein Öllicht. Ich würde die Tiere im Dunkel bestenfalls verschrecken und über alles stolpern.

Wind kam auf und trieb mir den Duft des Waldes in die Nase. So sehr ich mich dort für einen Augenblick zuhause gefühlt hatte, ich war doch ungemein froh, dass ich noch mindestens einen halben Mond auf einem Hof verbringen würde. Und dann hoffentlich auf einem weiteren – all diese Bauern, sie kannten einander doch von Märkten, sie würden mich gewiss weiterreichen können, wie einen Zuchtbock für die Schafe.

Ein Kichern kroch meine Kehle hinauf. Ich hatte mit einem Zuchtbock wohl so viel gemein wie die Wegwarte mit einer Rübe. Einzig, dass mein Kleid aus Wolle war, teilte ich mit ihm.

Ein Käuzchen schrie und ich beschloss, wieder zu Bett zu gehen. Wenn die Sonne aufging, würde ich mit Alus zu den Fallen gehen und von ihm lernen, die Tiere zu zerlegen.

Faruna hatte in der Früh einiges an Aufgaben für mich. Sie war schlecht gelaunt, und ich wollte es nicht noch schlimmer machen, indem ich sie bat, mit Alus gehen zu dürfen. Und der alte Mann hatte auch nicht darauf bestanden, dass ich mitkam, als Faruna gesagt hatte:

»Ich brauche sie hier. Sie ist gestern den ganzen Tag mit dir unterwegs gewesen, das reicht. Ich lasse sie nicht für einen mageren Hasen oder gar kein Tier durch den Wald streifen, wenn es hier Kräuter gibt, die verwelken und schlecht werden.«

Alus zuckte mit den Schultern, als er ging. Niemand widersprach Faruna offensichtlich. Thanna hatte gestern gemeinsam mit Bandua ganze Körbe voll mit den verschiedenen Kräutern gesammelt und nun saßen wir und bereiteten sie zur Verarbeitung vor. Ein Teil wurde locker gebündelt zum Trocknen aufgehängt, anderes wurde gemeinsam mit Salz in Tontöpfe gestopft, um zu säuern, wieder anderes in Met eingelegt. Wir mussten die Blätter abzupfen, sie in einem Mörser aus Stein zerstoßen, bis ihre Säfte sie befeuchteten wie der Schweiß des Sommers. Das ganze Haus war in ihren Geruch getaucht. Ich erzählte einige lustige Geschichten währenddessen, um mich selbst darüber hinwegzutrösten, dass Alus nun alleine in den Wald ging.

Dann nutzen wir das Tageslicht und setzten uns mit den nötigen Näharbeiten auf eine Strohmatte hinaus in die Sonne. Thanna hatte mir ein größeres Stück Leinenstoff geschenkt, aus dem ich nun mehrere kleine Beutel nähte, um Verschiedenstes verwahren zu können. Ein paar Stücke des dicht gewebten Tuchs hatte ich fest mit Bienenwachs eingestrichen, darin könnte ich auch feuchte Dinge aufbewahren, wie ein Stück Käse oder Honigwaben. Thanna besserte die Borte an einem ihrer Peplos aus, die sich ein Stück weit gelöst hatte, und begann, eine Camisia für Matunus zu nähen, die sie ihm als Brautgeschenk bringen würde.

Die Kinder liefen umher, die größeren mit Arbeiten im Stall und auf den Feldern beschäftigt, die kleinen mit ihren Spielen. Der kurzhaarige Hund hatte sich zwischen Thanna und mich gelegt und behielt alles im Auge, bellte von Zeit zu Zeit kurz, wenn das Spiel der Kinder zu einer Rauferei wurde.

»Oh, ich beneide dich, dass du die nächste Zeit bei Matunus bist! Du musst mir versprechen, dass du mich ordentlich lobst vor ihm. Ich kann es kaum erwarten, wenn du bei unserer Vermählung ...« Thanna stockte, biss sich auf die Lippe.

Ich zwang mich zu einem Lächeln. »Es wird auch ohne mich eine schöne Vermählung werden. Ich bin sicher, die drei Lämmer werden euch beiden Glück bringen – wer weiß, vielleicht bedeuten sie ja reiche Kinderschar für euch.«

Thanna lachte, ein wenig verlegen und doch erleichtert.

»Bei Aericura, ich hoffe, die Göttin der Fruchtbarkeit schickt mir nicht gleich drei auf einmal!«

Nun lachte auch ich. »Du bist doch kein Schaf!«

Alus kam aus dem Wald zurück und legte zwei Hasen und ein Rebhuhn vor uns auf den Boden. Sogleich kamen auch die anderen Hunde angerannt und schnupperten neugierig, wurden aber von Alus weggescheucht.

»Hab sie schon ausgenommen und ihre Innereien den Göttern geopfert. Aber du kannst mir helfen, sie zu häuten und zu zerlegen.«

Ich stand von der Strohmatte auf, auf der wir saßen, damit unsere Näharbeiten nicht schmutzig wurden.

»Lass mich nur schnell meine Sachen hineinbringen.«

Ich hatte mich noch nicht zur Tür gewandt, als die Hunde zu bellen begannen und zum Pfad liefen.

Wir hatten es alle gehört, das Rumpeln eines Karren.

Faruna kam aus dem Haus, aufgeschreckt vom dringlichen Gebell der Hunde.

»Dass Grannus schon so früh zurück käme?«, sagte sie und wischte ihre mehligen Hände in das Tuch an ihrem Gürtel.

Wir sahen alle gespannt zum Weg und tatsächlich, es war Grannus auf dem Ochsenkarren.

Thanna eilte ihm entgegen.

Für einen kurzen Augenblick hegte ich die wahnwitzige Hoffnung, Loïc könnte mit ihm kommen. Dass er so früh zurück war, weil Loïc mich sehen wollte. Das *cynnedyf* sagte nichts davon, dass wir einander nicht sehen durften, oder? Nur, dass ich nirgends länger als einen halben Mond bleiben konnte.

Doch Grannus war alleine und er wirkte blass.

»Wo ist Lenus?«, fragte Alus.

Grannus deutete mit dem Kopf nach hinten auf die Ladefläche, von wo sich der junge Bursche langsam erhob. Auch er war blass, schob sich nun vorsichtig hinten vom Karren.

Wir scharten uns alle um die Ankömmlinge.

»Was ist geschehen?«

»Lenus, du kannst ja kaum stehen, was ist passiert?«

Grannus ließ seinen Blick über uns schweifen, stockte einen Moment bei mir und nickte mir zu, mit ernstem Gesicht.

»Wir haben gestern unsere Waren abgeliefert, heute sind wir noch auf den Markt, all die Besorgungen machen, die ihr uns aufgetragen habt …« Er lehnte sich halb sitzend gegen die Ladefläche des Karrens, während Lenus sich schwer auf den Karrenrand stützte. Der junge Bursche hielt sein linkes Bein eigenartig, berührte kaum den Boden damit.

»Da begegneten wir dem Sohn des Reix, Loïc, auf seinem Pferd.« Wieder traf sein Blick mich. Ich hielt den Atem an.

»Wir wechselten ein paar Worte.«

Grannus nickte mir kaum merklich zu.

»Plötzlich … Keiner hat es wirklich kommen sehen. Ich hatte ihm … er hatte die Zügel vor sich abgelegt, als ein Stein flog, dann noch einer. Beide trafen das Pferd, es bäumte sich auf und bockte, der Sohn des Reix klammerte sich an der Mähne fest, rutschte auf dem nackten Rücken seines Hengstes und versuchte, die Zügel zu ergreifen … Lenus wurde von einem Huf an der Hüfte getroffen, ich konnte ausweichen, aber das Pferd bäumte sich auf, preschte auf das große Tor zu, aber es muss auf einen der Zügel getreten sein, denn es fiel kopfüber und begrub Loïc unter sich, bevor es sich wieder aufrappelte, seine Mähne schüttelte und nervös herumtänzelte, so dass niemand sich nähern konnte …«

Ich fühlte mich, als hätte man mir einen Schlag in den Magen versetzt. Mein Mund war trocken und es schnürte mir die Luft ab. Loïc. Unter seinem Pferd begraben. Er, der auf seinem Hengst über die Ebene flog, als wären sie eins.

Grannus wandte den Blick von mir ab, sprach nun mit seiner Bruderfrau Bandua.

»Es scheint nichts gebrochen bei Lenus. Hab ihn rasch zum Karren geschafft, den Ochsen angeschirrt und weg, nicht, dass sie noch uns die Schuld geben. Waren beim Knochenheiler, liegt ja am Weg, der sagt, es ist nicht so schlimm, sollst Blacken auflegen und Fett schmieren, in ein paar Tagen läuft er wieder.«

Lenus grinste mit blassen Lippen.

»War nur das Gerumpel am Wagen, sonst geht es schon.«

Seine Eltern fassten ihn links und rechts unter und er humpelte zum Haus zu. Seine kleineren Geschwister umringten ihn, fragten nach Einzelheiten, während die anderen Kinder auf den Karren kletterten und enttäuscht feststellten, dass er beinahe leer war, bis auf ein paar Körbe voller leerer Tontöpfe.

Ich versuchte, meinen Atem in einen Takt zu bringen, ihn zu zwingen, mich zu erfüllen und wieder zu verlassen.

»Und ... Loïc?« Es war mehr ein Hauch gewesen, meine Stimme irgendwo verloren in all meiner Sorge.

Grannus wandte sich mir zu.

»Sie haben ihn weggetragen. In die Halle hinein. Wie wir im Wegfahren waren, da machte es die Runde. Loïc sei am Kopf verletzt. Und ein Arm gebrochen. Aber wie schlimm ...«

Er zuckte die Schultern.

»Aber ... warum? Es sind zwei-mal-sieben Tage, seit ich ... solange darf ich doch ... das *cynnedyf* kann doch nicht so grausam ... ehe ...«

Grannus legte mir die Hand auf die Schulter.

»Vielleicht ist es nur Zufall. Unfälle geschehen.«

Faruna, die einen Korb vom Karren genommen hatte, blieb vor uns stehen.

»Es sind aber drei-mal-fünf Tage, die du schon hier bist.«

Mein Blick schoss zu ihr, dann zu Grannus. Der zuckte die Schultern.

»Ich zähl keine Tage«, sagte er.

»Das kann doch nicht sein! Ich habe sie gezählt, morgen muss ich weiter, wie du es auch mit Matunus' Familie vereinbart hattest!«

Faruna sah mich an, sie schüttelte leicht den Kopf.

»Ich wusste nicht, dass es so ernst ist. Dachte, du wirst schon wissen ... Waren zwei Nächte, die du im Fieber lagst, aber das weißt du doch, oder?«

Alles Blut schien aus mir zu weichen, meine Knie wurden weich. Es war meine Schuld. Lenus, Loïc. So war das also. So unbarmherzig.

»Ich bringe dich zu Matunus«, sagte Grannus. »Jetzt gleich. Ehe noch mehr geschieht.«

Faruna nickte ihm zu.

Thanna trat neben mich, nahm mich am Arm.

»Komm, wir holen deine Sachen.«

Ich stolperte ein paar Schritte neben ihr her, dann riss ich mich los, als könne meine Berührung ihr Schaden zufügen. Meine Gedanken begannen wieder, mir zu Diensten zu sein.

»Ja. Rasch.«

Ich lief vor ihr ins Haus, suchte mit zitternden Fingern meine Sachen zusammen.

Thanna stürmte zum Regal und packte einiges in einen großen Sack.

»Hier, ein paar Vorräte.«

Trotz aller Sorge schaffte ich ein Lächeln. »Danke, aber es ist nicht weit zu Matunus, hast du gesagt, ich werde nicht verhungern.« Meine Stimme war rau, mein Mund so trocken. »Aber ein wenig zu trinken …«

Wie gescholten eilte sie zum Regal zurück und brachte einen Wasserschlauch, den sie im großen Bottich neben der Türe auffüllte. Ich hatte inzwischen all meinen Besitz zusammengepackt, meine Leier in ihr Tuch gewickelt, die vorhin genähten Säckchen eingesteckt. Als ich meinen großen Beutel über die Schulter warf, fiel die kleine Knochenflöte zu Boden. Ich erinnerte mich, wie zart Thanna mit den Fingern darübergestreichelt hatte.

»Hier«, hielt ich ihr die Flöte hin. »Ich werde schon weg sein, wenn du kommst, Matunus zum Mann zu nehmen, doch so möge zumindest meine Musik euch begleiten.«

Thanna fiel mir um den Hals, für einen kurzen Augenblick, dann nahm sie ein dünnes Tuch aus ihrer Truhe, steckte es mir rasch mit zwei Nadeln im Haar fest.

»Du solltest einen Schleier tragen«, sagte sie, und zupfte die Enden weiter nach vorne.

»Ich bin nicht verheiratet«, sagte ich und wusste doch, was sie meinte.

»Eben. Solange wir ohne den Schutz eines Gatten sind, begehren uns die Männer noch mehr. Mutter hat mich nie ohne Schleier auf die Dunon lassen, auch wenn es gelogen war … Außerdem … so kannst du das da verbergen.«

Ihr Finger deutete auf die drei blauen Punkte an meiner Schläfe, das Zeichen der Barden. Ich nickte. Solange ich in Morfrans Begleitung gereist war, hatten wir meist auch ein oder zwei Männer bei uns gehabt, uns zur Not zu beschützen. Seit die Römer dieses Gebiet beherrschten, war es gefährlich, als Barde oder Druide erkannt zu werden. Ich sollte das wissen.

Wir umarmten einander noch einmal, dann eilten wir hinaus, als würde das Haus hinter uns einstürzen.

Ich verabschiedete mich hastig von jenen, die um den Karren standen.

»Mögen die Götter mit dir sein«, sagten sie.

Doch ich fühlte, wie sie Abstand hielten. Ich hatte gemeint, nach einem halben Mond langsam Freunde in ihnen zu finden, doch nun war ich nur die, die mit einem Fluch belegt war, die Schuld an Lenus' Verletzung trug, unheimlich und gefährlich.

Alus hielt einen der ausgenommenen Hasen in die Höhe, ich lächelte schief.

»Ich opfere ihn für dich«, sagte er und es schnürte mir das Herz ab vor Dankbarkeit.

Grannus saß schon auf dem Bock des Karrens, wartete. Auch er hatte es nun eilig, mich loszuwerden, seine Familie und den Hof zu schützen.

Ich kletterte zu ihm, legte meinen Beutel und die Leier bei aller Eile sorgsam hinter mich auf die Ladefläche.

Er trieb bereits den Ochsen an, der nicht sehr begeistert wirkte, ohne Rast wieder fort zu müssen, da rief Faruna:

»Halt, wartet!«

Sie schnappte ein dünnes Seil, das an der Stallwand hing, und band es dem kurzhaarigen Hund um.

»Nimm ihn mit. Du wirst einen Freund und Beschützer brauchen.«

Ich starrte den Hund an, der mir in der letzten Zeit ans Herz gewachsen war.

»Aber ... ihr benötigt ihn ... die Wölfe ...«

Faruna schüttelte den Kopf und hob das Tier auf die Ladefläche, reichte mir das Seil.

Sie war nie angetan davon gewesen, dass Grannus mich hierher gebracht hatte, und nun ...

Der Hund stützte seine Vorderpfoten auf den Kutschbock, schleckte mich ab.

»Du brauchst ihn mehr«, sagte Faruna.

Ich sah nichts mehr, bis wir den Hof längst verlassen hatten, Tränen strömten mir über das Gesicht, die der Hund, mein Hund nun, immer wieder abschleckte.

Kapitel 12

Bei Matunus

Wir hatten die große Straße erreicht, der Ochse trottete schicksalsergeben vor sich hin und ich hatte mich ein wenig beruhigt. Ich wischte die letzten Tränen in meinen Peplos. Auch Grannus neben mir wirkte wieder ruhiger, nun, wo ich nicht mehr an seinem Hof war. Der Hund hatte sich hinter mir auf der Ladefläche eingerollt und ich spielte mit dem ausgefransten Ende des Seils in meiner Hand.

»Er heißt Calis«, sagte Grannus. Calis, der Hirte.

»Ist nicht der Jüngste mehr, aber er mag dich.«

Ich nickte.

Wir schwiegen eine Weile. Der Weg führte über Wiesen und durch kleine Wälder, die Straße war schlammig nach dem Regen des Vortages.

Die Sonne verzog sich hinter ein paar Wolken. Mein Mund war immer noch trocken, so nahm ich den Wasserschlauch aus meinem Beutel. Er war aus dickem Leder mit einem hölzernen Stoppel und glänzte speckig von Fett und Wachs und langem Gebrauch.

»Ich habe mit ihm gesprochen«, sagte Grannus unvermittelt, als ich den Schlauch absetzte.

Mein Magen krampfte sich zusammen.

»Loïc«, fügte er hinzu, als wüsste ich das nicht.

»Hat ihn furchtbar aufgeregt, bei Bel, ich glaube, am liebsten wäre er sofort zu dir ... Selten hab ich solch Qual im Gesicht eines Mannes gesehen.«

»Was ... hat er gesagt?«

»Er war voll der Sorge um dich. Hat die Fibel genommen, sagte, dass ich dir sagen soll, dass alles gut werden wird, dass du durchhalten musst. Die Götter würden euch eines Tages gnädig sein ... Er wollte mir seine Fibel geben, da stieg sein Pferd ...«

Oh, was gäbe ich darum, seine Fibel zu haben!

Wir schwiegen wieder ein paar Schritte. Calis bellte einen Vogel an, der über uns in einem Baum saß.

»Meinst du, ist er schwer verletzt?«

Grannus zuckte die Schultern.

»Es klang nicht so schlimm, was sie erzählten.«

Ich nickte, war mir aber nicht sicher, ob er das nicht nur sagte, um mich zu beruhigen. Es war alles meine Schuld. Ich hatte die Tage nicht gezählt. Er hatte die Zügel niedergelegt, weil er von Grannus die Fibel genommen hatte und seine für mich abnehmen wollte. Und man hatte ihn mit Steinen beworfen - weil er sich Feinde gemacht hatte, indem er mit mir davonlief?

»Tut mir leid, dass ich nicht die Tage gezählt habe.« Grannus schnalzte die Peitsche, als der Ochse stehenblieb.

»Und mir erst. Ich ... bitte, sag Lenus, wie leid es mir tut.«

»Vielleicht war es ja doch ein Zufall«, meinte Grannus.

Nein. Das war das *cynnedyf* und es hatte mir deutlich gezeigt, wie streng es war. Morfrans Worte waren mächtig und die Götter ließen nicht mit sich spielen, wenn man sie hinzurief.

Wir bogen auf einen schmalen Pfad ab, erreichten einen Hof, der dem von Grannus ähnlich war, mit einer dichten Hecke umgeben, doch mit nur einem Wohnhaus. Es war kleiner als Grannus' Haus, bestimmt jetzt schon beengt mit all den Geschwistern, die Matunus hatte.

»Sie werden sich ein eigenes bauen«, sagte Grannus, als er meinen Blick über den Hof streifen sah.

Es war ungewöhnlich still. Ein Hund bellte, als wir uns näherten, aber niemand kam aus dem Haus. Calis bellte zurück, direkt in mein Ohr. Keine Kinder liefen herum, obwohl Matunus' Geschwister doch noch jung waren.

Wir blieben zwischen Stall, Scheune und Haus stehen.

»Jemand zuhause?!«, rief Grannus.

Wir warteten, stiegen vom Karren ab.

Endlich öffnete sich die Türe des Hauses und Matunus' Vater kam heraus. Er war schweißgebadet, nur in eine ungegürtete Camisia gekleidet.

»Bleibt weg«, krächzte er. »Uns hat das Fieber heimgesucht.«

»Ist es schlimm?«, fragte Grannus.

»Wir werden sehen …«

Matunus erschien nun in der Türe.

»Ich bringe die Bardin, sie kann euch helfen. Ihr werdet Hilfe bei den Tieren brauchen«, sagte Grannus.

Matunus schüttelte den Kopf, sein Vater ebenso.

»Können sie nicht nehmen«, sagte Matunus und sein Vater meinte beinahe zugleich:

»Die Tiere schaffen wir. Irgendwie.«

»Mir geht es ein wenig besser als den anderen«, sagte Matunus. »Aber sie kann nicht bleiben. Es hat gestern erst begonnen und wer weiß, wie schlimm es noch wird.«

Grannus sah zu mir her. Was sollten wir tun?

»Ich habe keine Angst vor dem Fieber«, sagte ich, obwohl es nicht der Wahrheit entsprach.

Doch sie hatten die Türe bereits wieder geschlossen.

Würden sie mich trotz des Fiebers aufnehmen, hätten wir ihnen nicht von den *cynnedyf* erzählt?

»Was …« Grannus war sprachlos.

Die Götter waren wirklich wütend, wie es schien. Wegen eines einzigen Tages. So viel also zu meinen Plänen, mich von Hof zu Hof weiterreichen zu lassen. Offensichtlich entsprach das nicht dem, was ich tun sollte.

Ich wunderte mich, wie ruhig ich war. Ich erinnerte mich an ein Lied über eine große Schlacht, an die Strophe, wo die Raben herabstoßen, um jene zu wählen, die sterben würden und jene, die leben. Wo die Göttin des Krieges denen, die leben sollten, Kraft schenkte, während die anderen verzweifelten. Ich würde leben. Natürlich würde ich das. Sonst hätte Morfran nicht das *cynnedyf* auf mich legen müssen, sondern hätte gleich dem Willen des Brautvaters gehorchen können, mich den Göttern zu opfern.

»Ich …« Grannus seufzte. »Es tut mir leid. Gibt noch wen, ein Stück weiter, vielleicht dort …«

Ich schüttelte den Kopf. Aus dem Stall war ein Muhen zu hören, Kettengerassel, gefolgt von Hühnergegacker.

Mich überkam die Sehnsucht, unter Bäumen zu sein.

»Du hast schon so viel für mich getan. Geh nach Hause.«

»Und du? Wo willst du hin?«

Ich zuckte die Schultern, zwang mich zu einem Lächeln.

»Wohin die Götter mich treiben.«

Grannus sah mich lange an.

»Ich wünsche dir Glück und der Götter Wohlsinn«, sagte er schließlich und damit war die Sache erledigt. Auch er hatte Angst vor mir bekommen.

Er hob meinen Beutel und meine Leier vom Karren und reichte sie mir. Ich nahm Calis am Seil, er setzte sich neben mich und schleckte mir die Hand ab.

Als Grannus den Wagen wendete und sich wieder auf den Bock setzte, wollte der Hund ihm nach und ich musste ihn zurückzerren. Er sah verwirrt von seinem Herren zu mir, doch als der Ochsenkarren aus unserem Blick verschwand, hechelte er und schlug mit dem Schwanz.

»Dann lass uns gehen, wohin die Füße uns tragen.«

Wir verließen den Hof, nahmen die entgegengesetzte Richtung zu Grannus, als wir die große Straße erreichten. Jeder Schritt weg von der Dunon, auf der Loïc verletzt lag, schmerzte. Doch jeder Schritt gab mir auch das Gefühl, ihn ein kleines Stückchen mehr zu schützen.

Kapitel 13

Im Wald

Wir hatten die Straße verlassen und waren in den Wald hinein gegangen. Weit waren wir nicht gekommen, doch ich war müde und durstig, der Wasserschlauch leer. Wir fanden einen kleinen Bach und Calis sprang sogleich hinein, schüttelte sich und trank.

Am Ufer war ein Plätzchen voller Moos, weich und verlockend, zu Füßen einer großen Ulme.

Ich legte mein Gepäck ab, meinen Beutel, die Leier und den Vorratssack, den Thanna mir noch gegeben hatte. Als hätte sie es geahnt ...

Nachdem ich den Wasserschlauch wieder gefüllt hatte, lehnte ich mich an den Stamm der Ulme. Ihre rissig graue Rinde war tröstlich warm. Unter solch einem Baum hatte Tegid mich als kleines Kind gefunden, am anderen Ende der Welt. Ulmen seien gefährlich, sagten sie, sie würden ohne jeden Grund gesunde Äste abwerfen, nur weil sie die Menschen hassten. Aber für mich waren sie wie eine Mutter, und ich hatte mich nie vor ihnen gefürchtet. Eine Ulme hatte mich damals beschützt und sie würde mich auch sicher in dieses neue Leben geleiten, hoffte ich.

Ja, ich würde hier rasten, meine erste Nacht alleine im Wald.

Ich bat den Gott dieses Waldes um Erlaubnis, erinnerte mich der Worte, die Tegid verwendet hatte, wenn wir unterwegs zu einem anderen Stammesführer waren.

»Wesen des Waldes, Götter der Bäume, seht meine Dankbarkeit, unter euren Ästen zu ruhen, euer Wasser zu trinken und von eurer Erde getragen zu werden. Götter der Bäume, Wesen des Waldes, empfangt mich als Freund, empfangt mich als Gast, ich will euch gerne Dank erweisen.«

Nur einen Augenblick wollte ich noch rasten, ehe ich mich daran machte, Holz für ein Feuer zu sammeln. Die Nacht würde gewiss kalt werden.

Den Rücken an den Baum gelehnt saß ich da und beobachtete Calis, der nach wie vor im Bach auf und ab sprang, mit den Pfoten nach kleinen Fischen oder Kaulquappen tatzelte, ich konnte es von meinem Platz aus nicht sehen. Erneut stiegen mir die Tränen in die Augen, weil Faruna mir solch ein wertvolles Geschenk gemacht hatte.

Schon eine ganze Weile klang mir ein Lied im Kopf.

Der Wald liebt Lieder, hatte Tegid gesagt.

Behutsam packte ich die Leier aus ihrem dicken Tuch. Calis kam herbei, schüttelte sich und ich musste mit einer raschen Bewegung mein Instrument vor all den Wassertropfen retten. Zufrieden legte er sich vor mich hin, sah abwartend her.

Ja, die Abende am Feuer seiner Familie, wenn ich gesungen und erzählt hatte, hatten ihm immer behagt, fiel doch manchmal ein Stück Brot oder Fleisch dabei für ihn ab.

Die Leier in meinen Händen zu halten, machte mich ruhiger. Man konnte mir viel nehmen, aber nie meine Lieder und Geschichten.

Die ersten Töne mischten sich mit dem zarten Tschirpen der Vögel. Ich dachte an die Wölfe, die zu Grannus' Hof gekommen waren, doch ich fühlte keine Angst, mochten auch welche hier im Wald leben. Ich saß unter einer Ulme und ich ließ mich fallen in ihren Schutz und den Klang eines alten Liedes, während meine Finger die Saiten liebkosten.

»Hundert Tage sind vorbei,
verflogen, fort und weit von dir,
jeder Weg nur Müh und Plag,
die Nächte still und leer.
Lass mich von meiner Liebe singen,
Denk an dich nur, all die Zeit.
Selbst die Träume rufen dich,
bringt mich heim zu ihr.

Doch fremd werd ich sein viele Tage
immer weiter gehn allein,
hinaus bis auf das weite Meer,
weiter als ein Schiff je fuhr.
Lass mich von meiner Liebe singen,
Denk an dich nur, all die Zeit.
Selbst die Träume rufen dich,
bringt mich heim zu ihr.

Ich geh weiter Tag für Tag,
fort, hinweg und weiter noch,
ließ Mädchen weinend hinter mir,
und mehr als Träume stahl ich oft.
Lass mich von meiner Liebe singen,
denk an dich nur, all die Zeit.«

Meine Stimme war schwach geworden und ich hörte mitten
in der Strophe auf. Solch ein altes Lied, das die Seemänner der
Silurer gerne gesungen hatten. Als hätten sie es für mich
erdacht …

Calis leckte mir das Gesicht ab, ihm schmeckten meine
Tränen wohl gut.

Ich seufzte, packte die Leier wieder sorgsam in ihr
gewachstes Tuch.

»Nun gut«, sagte ich. Weder Tegid noch Morfran waren
Freunde des untätigen Herumsitzens gewesen und wenn ich

gut durch diese Nacht kommen wollte, dann gab es wohl noch einiges zu tun. Singen konnte ich auch später, wenn es finster war und ein Feuer mich wärmte und schützte.

Ich versuchte es Alus gleichzutun und den Platz bei der Ulme mit meiner Pisse einzufrieden. Ich raffte meinen Peplos und meine Camisia hoch, aber ich war kein Mann, der den Fluss seines Wassers leicht lenken konnte. Mit weit gespreizten Beinen und gebeugten Knien stolperte ich rückwärts, froh, dass niemand meine ungeschickten Versuche sah. Calis schnupperte begierig an meiner Pisse am Boden, fügte die seine hinzu.

Ich nahm den Schleier ab, den Thanna mir in die Haare gesteckt hatte, und verwahrte die Nadeln sorgfältig in meinem Beutel am Gürtel. Das lange Tuch störte mich, es verfing sich in den dünnen Ästen ringsum und ich wollte nicht, dass es Schaden nahm.

Ich sammelte Holz, füllte erneut den Wasserschlauch, breitete meinen Umhang auf dem Moos aus. Das Blattwerk, das ich gesammelt hatte, war feucht und es dauerte, bis ich mit dem Zunder, Schlageisen und Flint eine Glut geschafft hatte, die sich zu einem Feuerchen anblasen ließ. Es tat gut, beschäftigt zu sein.

Es wurde langsam dämmrig, der neue Tag machte sich bereit, von der Göttin in die Dunkelheit geboren zu werden. Die Stimmen des Waldes veränderten sich, die Vögel verstummten. Ich sah den Proviantbeutel durch. Thanna war sehr großzügig gewesen mit den Vorräten ihrer Eltern. Ich teilte eine harte Wurst mit Calis und ein Stück Brot.

Mein Hunger war gering, doch gemeinsames Essen verbindet.

Ehe es völlig dunkel wurde, breitete ich noch einmal meinen Besitz auf meinem Umhang aus. Das Messer, das Feuergespiel, meine Schleuder. Die bronzene Schale, ein Hornkamm, Saiten für die Leier, Fett für die Leier. Das bisschen Gewand, ein paar kleine Stoffbeutel. Durch den hastigen Aufbruch steckte sogar noch eine Nadel in dem halbfertigen Säckchen, an dem ich genäht hatte, als Alus mit den Hasen gekommen war.

Es gab mir Sicherheit, diese Dinge zu sehen.

Ich schlief wenig in jener ersten Nacht. So sehr ich mich auch bemühte, ich konnte mich nicht erinnern, je eine Nacht alleine verbracht zu haben. Da war Tegid gewesen, dann Morfran und seine Frau. Ich starrte in die Dunkelheit über mir. Die Geräusche des Waldes ließen mich hochschrecken, auch wenn Calis neben mir sie kaum beachtete. Immer und immer wieder legte ich Holz nach, in der Sorge, das Feuer ginge aus und im Dunkel würden sich Wölfe oder Bären auf mich stürzen. So sehr ich mich für meine Dummheit schalt – niemals hatte ich Angst im Wald empfunden, wenn ich mit Tegid reiste – nun war alles anders.

Ich fiel in kurzen, leichten Schlaf und träumte von Loïc. Immer wieder sah ich ihn auf seinem Pferd, wie er meine Fibel nahm und seine Fibel vom Umhang zog. Ich sah, wie das Pferd bockte und Loïc unter sich begrub. Wie schlimm war es? Ich wachte immer wieder auf und wusste nicht, was ich schlimmer fand: die Sorge um ihn oder die Angst vor der Nacht allein. Schlafen oder aufwachen

Als ich am Morgen dankbar das erwachende Licht begrüßte, hatte sich ein Plan in meinen wirren Träumen gebildet.

Die ganze Nacht hindurch hatte ich Loïc vor mir gesehen und war vor Sorge um ihn umgekommen.

Wie ging es ihm?

Ich würde zur Dunon zurückkehren. Ich musste ihn sehen, wissen, dass meine Säumnis ihn nicht gar das Leben kosten würde. Immer wieder hatte ich Morfrans Worte in meinem Kopf hin und her gedreht, hatte seinen Spruch von allen Seiten betrachtet, ob irgendetwas darin solch einem Unternehmen widersprach.

Von heute an, bis die Götter sie durch den Tod oder ein eindeutiges Zeichen erlösen, sei es Arduinna, der Bardin, untersagt, länger als einen halben Mond an einem Ort unter Menschen zu verweilen. Tut sie es dennoch, so werden jene Menschen, die ihrem Herzen nahe stehen, dafür büßen und ihnen Unheil widerfahren.

Es sagte nicht, dass ich nicht zurück konnte.

Kapitel 14

Zurück in Vesontio

Calis und ich waren zwei Tage unterwegs gewesen. Ich hatte mich an die große Straße gehalten, die in der Nähe der beiden Höfe vorbeiführte. Als wir uns dem Weg näherten, der zu Grannus führte, nahm ich Calis wieder an das Seil. Es war ein eigentümliches Gefühl, hier vorbeizugehen. Als schliche ich mich nachts an Morfran und seiner Frau vorbei, um mir noch Reste vom Essen zu holen. Sicherheitshalber ging ich hier nicht auf der Straße, sondern durch den Wald. Obwohl ich gerne wüsste, dass Lenus sich gut erholte, ich wollte keinen dieser Menschen treffen. Als würde ich sie hintergehen, weil ich zur Dunon zurückging ...

Wir gingen rasch, so rasch es mir mein Gepäck erlaubte.

Ich hatte nur den Beutel, den ich von Vesontio mitgenommen hatte, meine Leier und den Sack mit Vorräten von Thanna, aber nichts davon war dafür gemacht, über der Schulter getragen zu werden. Ich hatte versucht, aus dem Seil, das Faruna um Calis' Hals gebunden hatte, einen Riemen zu machen. Es hinterließ tiefe Abdrücke auf meinen Schultern, die anfingen zu schmerzen. Noch hatte ich mich nicht mit Nahrungssuche beschäftigen müssen, denn Thannas großzügiger Proviant an Brot, getrocknetem Fleisch und Dörräpfeln reichte für mich aus und Calis jagte sich sein Essen selbst, er lief ab und zu davon, um mit einem Hasen oder Eichhörnchen im Maul zurückzukehren. Er war ein guter Jäger für sein Alter. Die Sohlen meiner neuen Bundschuhe wurden dünner, schneller, als mir lieb war. Die Straße war voller kleiner Steine, die das Leder aufrieben.

Eine Unruhe hatte mich erfasst. Ich wusste, dass ich mich eilen musste. Sobald ich mir erlaubte, nachzudenken oder eine Pause einzulegen, würde ich es wohl nicht wagen. Und mich für den Rest meiner Zeit fragen, wie sehr ich Loïc mit meiner Säumnis geschadet hatte.

Sonnengott Lug machte sich schon bereit, schlafen zu gehen, als wir am zweiten Tag den Hügel nach Vesontio hinunter kamen. Der Fluss glänzte im Abendrot, umfloss Vesontio wie ein goldener Ring. Ich sah Wachen oben am Rundgang hinter den Palisadenspitzen auf und ab gehen. Ein Mann und eine Frau kamen mir auf der Straße entgegen, wohl auf dem Weg zu ihrem nahegelegenen Haus nach Geschäften in der Dunon. Ich hatte das dünne Tuch wieder mit den Nadeln in meinem Haar befestigt. Die beiden betrachteten mich misstrauisch, schien es mir. So viele Menschen hatten gehört, wie der Reix der Mandubier meinen Tod forderte, und sie hatten gesehen, wie Morfran mir das *cynnedyf* auferlegte. Waren sie dabei gewesen? Hatten sie mich erkannt? Ich wich von der Straße ab, auf eine große Hecke zu, die zwei frisch bepflanzte Felder trennte.

Mein Herz schlug wie ein hungriger Specht.

Ich wagte es an diesem Abend nicht, ein Feuer zu machen. Der Wahnwitz meines Vorhabens wurde mir langsam bewusst. So gut wie jeder in der Dunon vorne auf dem Hügel hatte gesehen, wie Morfran mich verfluchte, hatte mitbekommen oder davon gehört, dass man den Sohn des Reix mit der fremden kleinen Bardin aus dem Wald herbei geschleift hatte, wo sie vor der Vermählung Loïcs mit der Tochter des Reix der Mandubier hin geflüchtet waren.

Selbst Grannus hatte sich schlussendlich vor mir gefürchtet, vor mir, dem kleinen, jungen Weib. Man würde mich töten, beträte ich die Dunon. Dennoch musste ich wissen, wie es Loïc ging. Ich musste wissen, ob er noch am Leben war. Wenn er an dem Unfall verstarb, den meine Unachtsamkeit verursacht hatte, hatte es keinen Sinn für mich, weiterzuleben. Ich würde das *cynnedyf* nur ertragen können, wenn es eine Hoffnung gäbe, jemals wieder bei ihm zu sein.

Ich schlief in dieser Nacht kaum.

Am Morgen saß ich immer noch zusammengekauert unter einem Elhornbusch, den Umhang eng um mich geschlungen. Calis machte sich auf die Suche nach etwas zu fressen, er lief auf das Feld hinaus, die Nase nah über dem Boden. Mein ganzes Sein befand sich dort vor mir, auf dem Hügel, hinter der Palisade, wo Rauch aus den Häusern aufstieg und verkündete, dass die Menschen erwachten und sich ihr Morgenmahl bereiteten.

Ich wagte nicht, zur Straße zurückzukehren und jemanden zu fragen, wie es dem Sohn des Reix ging.

Loïc und ich hatten uns zwar manchmal aus der Dunon geschlichen, doch ich bezweifelte, dass die Wachen ebenso ein Auge zudrücken würden, wenn ich alleine versuchte, hineinzugelangen.

Ich kroch aus meinem Versteck heraus, ging unruhig auf und ab, von der Dunon und der Straße durch die Hecke verborgen.

Es gilt nicht nur, Lieder und Geschichten zu lernen, um sie aufzusagen, man muss auch ihren Sinn verstehen, erklang Tegids Stimme in meinem Kopf. *Und hierfür muss man denken, das Denken schadet nie, Arduinna, es hilft uns durchs Leben, wenn es sich mit dem Herzen verbindet.*

Oh, was mein Herz wollte, das wusste ich! Hinrennen wollte ich, zu ihm, in seine Arme, sehen, dass er gesund war, nicht schlimmer verletzt als Lenus.

»Was tust du hier?«, erklang plötzlich eine tiefe Stimme hinter mir.

Ich fuhr herum. Erschrak, dass ich nicht gehört hatte, wie jemand hinter der Hecke hervorkam. Erschrak noch mehr, als ich sah, wer es war.

»Du siehst erbärmlich aus«, sagte Morfran.

Ohne nachzudenken, fiel ich vor ihm auf die Knie.

»Nimm das *cynnedyf* von mir«, flehte ich leise.

Er zog mich hoch, sanft beinahe, strich mir die Haare aus der Stirn.

»Das kann ich nicht, das weißt du. Das können nur die Götter.«

Mit gesenktem Blick sah ich den rotbraunen Ring an seinem Finger, mein eigenes Haar, mit dem er das *cynnedyf* an sich gebunden hatte. Wer einen Fluch sprach, blieb auch selbst nicht von Folgen verschont.

Ich hob den Blick, fühlte Trotz in mir. Morfran sah aus, als hätte er ebenso wenig geschlafen wie ich. Er war immer noch der hochgewachsene Mann mit dem dunklen Haar und der markanten schmalen Nase, den ich zu fürchten gelernt hatte, aber er schien gealtert zu sein, seit ich Vesontio verlassen hatte. Er kam mir nicht mehr wie der Mann vor, der mehr einem Krieger denn einem Barden glich. Hatte auch ich mich in der kurzen Zeit so verändert?

»Wie hast du mich gefunden?«, fragte ich.

»Warst du die ganze Zeit hier?«

Wir hatten gleichzeitig gesprochen. Er hielt mich noch immer am Arm, seine Finger drückten in meinen Oberarm, ich wich zurück. Er hatte mich nie berührt bis zu dem Tag, an dem er mich verfluchte.

Er ließ mich los und machte eine Geste mit der Hand, die beinahe verlegen wirkte.

»Du weißt, dass ich jeden Morgen ein Stück alleine gehe, um neue Lieder zu entdecken.«

Ich nickte.

»Also, warst du die ganze Zeit hier?«, fragte er erneut, die Stimme mit der üblichen Strenge.

Ich schüttelte den Kopf.

Er wirkte für einen Augenblick erleichtert.

»Was tust du dann hier?«, sagte er leise, gefährlich langsam.

»Ich … ich wollte wissen, wie es Loïc geht. Ich habe von dem Unfall gehört …«

Seine Augenbrauen schossen in die Höhe.

»Er lebt. Und er wird weiterleben. Seine Hand wird heilen, sein Kopf ebenso.«

Trotz seines strengen Blickes fühlte ich unendliche Erleichterung. Nein, ich fühlte sogar Erleichterung, weil ich Morfran sah, ein vertrautes Gesicht. Weil er es war, der mir das mitteilte, jemand, den ich kannte und der es wohl aus erster Hand wusste. Bis vor kurzem war er es gewesen, der mich versorgt hatte, mit mir sein Essen teilte, mich lehrte, egal, wie wenig er mich mochte.

»Du musst hier weggehen«, sagte er nun. »Loïc hat noch kein einziges Wort zu seinem Weib gesprochen, selbst sein Vater findet nun, man hätte dich besser den Göttern geopfert.«

Ich hörte ein eigenartiges Geräusch aus meinem Mund kommen, halb Lachen, halb Schnauben.

»Ihr habt mich den Göttern geopfert. Lebend.«

Morfran senkte doch glatt den Kopf. Er sah wieder hoch, und ich konnte seinen Blick nicht deuten.

Abrupt wandte er sich um, ging raschen Schrittes davon.

»Verschwinde von hier!«, rief er über die Schulter zurück, ehe er hinter der Hecke verschwand.

Calis kam angerannt, einen Hasen im Maul. Er musste ihn fallen lassen, um Morfran hinterher zu bellen.

Ich sank zu Boden, alle Kraft war aus mir geschwunden, als hätte Morfran das wenige, das ich noch hatte, mit sich genommen.

Kapitel 15

Zeit des Lernens

Als hätten die Götter es mir eingeflüstert, hatte ich die Augen geschlossen und mich im Kreis gedreht, bis der Schwindel mich zwang, stehenzubleiben, und war dann in diese Richtung marschiert. Hätte sich mein erster Blick auf die Dunon gerichtet, ich wäre hingegangen. Und wäre es mein Tod gewesen. Aber die Götter entschieden anders.

Es wurde ein morgendliches Ritual. Sich zu drehen, ehe Lug aus seinem Bett stieg, und dann der Richtung zu folgen, die die Götter mir wiesen. Es war egal, wohin ich ging, Hauptsache, ich ging. Loïc würde wieder heil werden.

Ich gewöhnte mich daran, im Wald alleine zu schlafen. Lieber alleine im Wald als bei fremden Menschen, die ich verlassen musste, ehe sie Freunde wurden.

Ich lernte, mir abends ein Lager zu bauen, ich sang mich und Calis in den Schlaf.

Bald waren Thannas Vorräte aufgebraucht und ich litt Hunger. Nein, mein Körper litt Hunger, ich selbst nicht. Ich trank den Duft der Bäume und aß den Klang des Windes.

Mein Körper verlangte Festeres.

Ich erlegte mein erstes Reh mit der Schleuder. Es war alt und sprang nicht einmal davon, als ich mich näherte. Mein erster Stein traf seinen Kopf und betäubte es, der zweite traf sein Bein, und bevor es sich erholen konnte, war Calis auf ihm und klammerte sich an seine Kehle. Er sah mich stolz an, seine Zähne in das weiche Fell gebohrt. Das Reh lebte noch, seine Augen waren voller Panik. Ich beendete sein Leben mit meinem Messer und schnitt ihm die Kehle durch. Das Blut spritzte auf den Boden und machte rote Flecken auf mich und Calis. Lange stand ich vor dem toten Körper, dankte den Göttern und versuchte mich zu erinnern, wie man so ein Tier für die Gottesopfer zerteilt hatte. Schlussendlich machte ich es wie Calis und grub zwar nicht mit meinen Zähnen in das Fleisch, aber schnitt mit dem Messer irgendwelche Stücke heraus und briet sie über dem Feuer.

Das Reh zwang mich, eine längere Rast einzulegen. Ich würde es nicht rechtzeitig aufessen können, ehe das Fleisch an den wärmer werdenden Tagen verdarb und ich hatte kein Salz, es haltbar zu machen. Einen Teil trocknete ich in dünnen Streifen, aber ein Regen verdarb mir dies. Die Krähen und Raben warteten begierig in den Ästen über uns, dass Calis und ich uns entfernten. Selbst sein wütendes Gebell verscheuchte sie nicht und am zweiten Tag kamen sie frech herab und bedienten sich. Ich hatte in mühsamer Arbeit die Rehhaut abgezogen, spannte sie zwischen Ästen der Bäume und schabte jedes noch so kleine Teilchen Fleisch herunter, um die Haut als Bettunterlage zu nutzen. Es hatte ein paar Löcher, wo ich nicht sorgfältig genug gearbeitet hatte und mein Messer zu tief gedrungen war, aber es war trotzdem weich und warm.

Thannas Umhang war inzwischen so voller Tannennadeln und Blattkrümel, dass er ein neues Muster erhalten hatte.

Es waren mühsame Tage, voll des Wanderns und Lernens, aber auch voll der Ruhe und des Lauschens. Oft saß ich nur da und horchte, was der Wald mir mitteilte. Wenn ich mit Tegid zu anderen Stämmen gereist war und wir durch Wälder marschierten, dann hatte mein Maistir mir von all den Pflanzen und den Wesen des Waldes erzählt oder wir hatten die Zeit genützt, ein Lied für den Herrscher zu dichten, den wir besuchten. Wir waren selten still gewesen. Doch nun, wenn Calis neben mir im Laub lag, seine Schnauze in meinem Schoß, dann entdeckte ich die Lieder des Waldes. Das waren die Augenblicke, in denen ich diesem neuen Leben durchaus große Schönheit abgewinnen konnte.

Ich fluchte, wenn der Regen sich durch mein Dach aus Blattwerk ergoss, wenn ich mit feuchtem Laub kein Feuer zustande brachte, wenn mein Arm müde war vom Drehen der Schleuder und ich noch immer kein Tier getroffen hatte. Mit Fallen, wie Alus es mir beigebracht hatte, hatte ich mehr Erfolg, doch sie machten nur Sinn, wenn ich am nächsten Tag nicht weiterzog.

Es wurde nun stetig wärmer. Ich hatte keine Ahnung mehr, wo ich mich befand und wie lange ich tatsächlich schon im Wald war. Eines Tages erblickte ich mein Spiegelbild in einem kleinen Teich und erkannte mich kaum wieder. Ich war dünn geworden, meine Augen wirkten riesig, doch sie leuchteten auf eine Weise, die ich in meinem kleinen bronzenen Spiegel nie gesehen hatte. Mein Haar war ungepflegt und verfilzt, ich hatte es seit Tagen nicht gekämmt.

Als ich mich so sah, das erste menschliche Gesicht seit gewiss bald einem Mond, fühlte ich mich plötzlich einsam. Seit ich Morfran begegnet war, hatte ich Dörfer und Ansiedlungen gemieden, fühlte ich mich nur in Gegenwart meiner uralten Freunde, der Bäume wohl.

Doch nun verspürte ich Lust, das Lachen der Menschen zu hören und staunende Kinderaugen zu sehen.

Ich badete in dem kleinen Teich, sehr zu Calis' Begeisterung, der bellend am Ufer stand und dann zu mir hineinsprang. Ich kämmte in mühsamer Arbeit mein Haar, bis all die Kletten und Nadeln daraus verschwunden waren.

Dann nahm ich mein Messer und schnitt eine gute Handlang davon ab. Rotbraun wie der Ring um Morfrans Finger lag es in meiner Hand. Blut, Spucke und Haare, die mächtigsten Mittel, etwas zu binden.

Ich hatte so getan, als beträfe mich das *cynnedyf* kaum, indem ich wie Grannus und seine Familie lebte, ich hatte versucht, mich Loïc zu nähern und ich hatte mich im Wald verkrochen, wie ein waidwundes Tier. Nun war es an der Zeit, dieses neue Leben anzunehmen. Mich ihm hinzugeben wie Loïcs Armen. Calis sah mir neugierig zu, wie ich aus meinem Haar einen kunstvollen Knoten band. Es war, als sähe Tegid mir über die Schulter. Die drei Sommer, die ich seit Tegids Tod bei Morfran gelebt hatte, hatte ich keinen einzigen Knoten der Götter geflochten, zu sehr war mir diese Gabe mit meinem alten geliebten Maistir verbunden. Doch nun würde ich mich wieder auf all das besinnen, was er mich gelehrt hatte.

»Sehet her, ihr Götter dieses Waldes, sehet her, unsichtbare Wesen, ich will euch ein Opfer bringen.«

Mit dem Messer ritzte ich meinen Finger und ließ mein Blut rot auf den geflochtenen Knoten tropfen. Sogleich kam Calis zu mir und schleckte über meine Hand. Ich schob ihn beiseite.

»Bei den Göttern meiner Heimat jenseits des schmalen Meeres, bei der Liebe meines alten Maistirs Tegid von den Inseln, bei den Gaben, die ihr mir geschenkt, hiermit schwöre ich, ich werde nicht aufgeben. Ich werde gehen, wohin ihr mich sendet, ich will die Menschen mit meinen Geschichten und Liedern erfreuen, ihnen mit meinen Gaben helfen, bis dass ihr mir ein Zeichen sendet, dass ich zu Loïc zurück kann, dass das *cynnedyf* von mir genommen und ich und er wieder eins sind. So sei es.«

Ich spuckte auf den blutigen Knoten und hob ihn den sechs Himmelsrichtungen zu, dem Sonnenlauf folgend und zu Himmel und Erde.

In der Nähe stand eine Ulme, der Baum meines Lebens, und ich band den Knoten an einen der Äste, auf dass er in Wind und Sonne schaukelte und nachts im Licht des Mondes.

Als ich meinen spärlichen Besitz zusammengepackt hatte und mich mit Calis auf den Weg machte, wieder zu den Menschen zu finden, hörte ich Krächzen über mir. Ich hob den Kopf und erblickte im hellen Licht des Sonnengotts Lug einen

Raben, der meine Opfergabe in seinen Klauen hielt und immer höher stieg. Ich lächelte. Die Götter hatten mein Opfer angenommen.

Kapitel 16

Eine Hochzeit

Spät am Abend, als es schon dunkel wurde, erreichten wir ein Dorf. Ich hatte in der Dämmerung den Rauch gerochen und beschlossen, der Straße selbst im Finstern zu folgen. Wenn ich zu den Menschen wollte, dann sollte ich auch dorthin gehen und nicht zögern.

Eine schlichte Palisade aus Baumstämmen schützte den Ort, ohne aufgeschüttetes Mauerwerk als Basis. Jemand war gerade dabei, das Tor zu schließen, als er mich sah und innehielt.

Ich lief das letzte Stück, dankbar, dass er wartete.

Es war ein Mann im mittleren Alter, in schlichten Braccae und einer Camisia ohne kunstvolle Borten, doch er trug ein solides Schwert an seiner rechten Seite, kein simpler Bauer also.

Er sah mir entgegen, dann über mich hinweg. Als Calis und ich vor ihm standen, lächelte er beinahe belustigt.

»Ein Weib, ganz alleine?«

Ich ahnte, dass ich diese Frage noch sehr oft zu hören bekommen würde.

»Nun, nicht ganz.« Ich deutete auf Calis.

»Suchst du Unterkunft für die Nacht?«

Was sonst, dachte ich. Mir schien, ich hatte in den letzten

101

Tagen verlernt, wie Menschen miteinander umgingen.

»Mögen die Götter dir dafür danken, ja.«

Er betrachtete mich von oben bis unten. Mein Kleid und Peplos waren staubig und nicht ganz sauber, das Tuch auf meinem Kopf aber edel und fein gewebt. Die zusammengerollte Rehhaut und mein großer Beutel wiesen mich als eine Reisende ebenso aus wie der lange Haselstab, den ich nicht nur zur Erleichterung des Gehens bei mir hatte.

»Dann komm herein«, sagte er und Calis und ich schoben uns durch den schmalen Spalt, den das Tor noch offen stand.

»Ich will euch eine Nacht gerne mit Geschichten und Liedern bezahlen«, sagte ich.

Ich wagte nicht, das Wort Barde zu benützen. Geschichtenerzähler und Musiker waren zur reinen Unterhaltung da, Barden waren die Hüter des Wissens. Auch wenn die Römer nicht überall waren, so war es besser, vorsichtig zu sein.

Er legte den breiten Riegel vor das Tor, klopfte darauf, wie um sich zu vergewissern, dass er gut in den eisernen Halterungen lag.

»Das trifft sich gut«, sagte er. »Gibt eine Hochzeit heute.«

Nun hörte ich es auch, Lachen und Singen, und das Spielen einer Flöte. Wir gingen an einigen Häusern vorbei, Werkstätten vermutete ich, doch in allen war es still.

Vor uns öffnete sich ein breiter Platz, auf dem Tische und Bänke rund um ein Feuer standen und wo wohl alle Bewohner des Dorfes versammelt waren. Über den Flammen drehte sich ein Schwein am Spieß und Calis leckte sich die Lefzen. Ich schlang ihm rasch das Seil um den Hals, zu wenig wusste ich noch, wie er sich benehmen würde und ich wollte nicht riskieren, dass er uns den Abend verdarb. Mein Magen knurrte, weniger wegen des Schweins über dem Feuer, aber es duftete nach frischem Brot, nach Gewürzen und Kräutern.

Mein Begleiter führte mich zu einem der Tische, an dem ein junger Mann und eine ebenso junge Frau saßen, umgeben von ihren Eltern.

»Ein später Gast«, sagte der Wächter. »Sie will uns was singen und erzählen.«

»Sei gegrüßt an diesem Freudentag«, sagte der Mann.

»Mögen die Götter eure Vermählung segnen«, antwortete ich. »Ich bin Arduinna von jenseits des schmalen Meeres, hier, um euch mit ein Liedern und Geschichten zu unterhalten.« Eine Frau reichte mir ein Trinkhorn. Alle sahen neugierig nun zu mir her, die Gespräche und das Lachen waren verstummt. Ich hatte keine Ahnung, wie nahe oder fern wir einer größeren Siedlung waren oder wie häufig oder selten hier Wanderer vorbeikamen. Ich vermutete, eher selten.

»So jung und ganz alleine?«, fragte die Frau neben der Braut.

»Ich hab meine Gefährten, meinen Hund und meine Leier.«

»Dann erzähl uns etwas!«, rief der Vater des Brautmanns.

»Lasst sie doch erst etwas trinken und essen«, entgegnete die Frau zur Seite der Braut.

Ich lächelte ihr dankbar zu.

»Gern will ich erzählen und nach einer Stärkung dann mit euren Musikern singen und spielen.«

Die Braut klatschte in die Hände. Sie und der Mann neben ihr trugen Kränze aus den Blumen des Frühlings auf dem Kopf, und dunkle, aufgemalte Linien in ihren Gesichtern legten Zeugnis ab vom Ritus der Vermählung. Nach wie vor waren ihre Hände mit einem kunstvoll gewebten Band verbunden. Im Schein des großen Feuers merkte ich, dass die Braut älter war als ich und auch der Mann an ihrer Seite war nicht ganz so jung, wie ich erst vermutete hatte. Nicht so jung wie Thanna und Matunus. Die beiden hatten nun wohl auch bereits Vermählung gefeiert.

Ich suchte mir einen Platz in der Nähe des Tisches der Brautleute, von dem aus mich alle gut sehen konnten. Meine Leier legte ich auf meinen Beutel, damit sie nicht feucht wurde, nun, wo der Abendtau von einem nahen Bach herbei kroch.

Ich kannte weder die Brautleute noch das Dorf, wusste nichts von ihnen. Doch ich sah die Eltern zu ihren Seiten, jene der Braut bereits älter, die des Brautmanns besser gekleidet.

Und ich sah den jungen Mann, der in der Nähe des Tisches an einer Hauswand lehnte und die Braut nicht aus den Augen ließ.

»*Einst*«, begann ich, nachdem ich die Götter mit einem lauten Klatschen meiner Hände eingeladen hatte, *»und die Geschichte ist wahr, auch wenn sie nie geschehen ist, da lebte ein Bauer mit seiner Frau auf einem kleinen Hof. Sie hatten keine Kinder, doch vor längerer Zeit war ihnen ein Schwein zugelaufen, das sie freudig aufgenommen hatten, und es war ein ganz besonderes Schwein. Nicht nur, dass es wahrlich ein sehr hübsches Schwein war, mit goldglänzenden Borsten, fröhlich strahlenden Augen und einem wunderhübsch geringelten Schwänzchen, es tat auch besondere Dinge, wie es Schweine normalerweise nicht taten.«*

Alle lauschten sie mir. Das Feuer knackte, von Zeit zu Zeit knirschte der hölzerne Spieß, wenn das Schwein über den Flammen gewendet wurde.

»Morgens ging die Sau mit einem Kübel zum Fluss und holte Wasser, sie kehrte die Stube, trug am Markttag die Waren zum Markt und kochte sogar das Essen. Seit die Bauern ihre Sau besaßen, ging es ihnen großartig.«

Ein paar Stimmen lachten, andere riefen, solch ein Schwein hätten sie auch gerne.

»In der Nähe lebte ein reicher Schmied, der hatte zwei Söhne. Der jüngere von beiden war nicht sehr glücklich, denn sein älterer Bruder hatte ihm bereits mit Nachdruck und Fäusten deutlich gemacht, dass für sie beide kein Platz in der Schmiede wäre. So ging er oft spazieren, dem Bruder aus dem Weg zu sein. Eines Tages sah er zufällig das Schwein, das mit einem Tuch im Maul zum Fluss trabte. Neugierig schlich er dem Tier nach. Beim Fluss angekommen, legte das Schwein das Tuch ab, ging dreimal unter dem Ast eines Elhornbusches durch, sodass dieser seinen Rücken streifte, schüttelte sich und legte zur Überraschung des Burschen seine Schweinehaut ab.«

Verwunderte Pfiffe. Jemand deutete lachend auf das Schwein über dem Feuer.

»Darunter erschien ein wunderhübsches Mädchen, mit langem, blonden Haar, fröhlichen Augen und sinnlichen Lippen, nackt, wie die Natur sie geschaffen hatte. Der Sohn

des Schmieds war bereits unsterblich verliebt, ehe die junge Frau ins Wasser stieg, um genüsslich zu baden. Er wartete, bis sie wieder in ihre Schweinehaut geschlüpft war, und folgte ihr zum Hof des Bauern. Dort bedurfte es zäher Verhandlungen, um dem die Sau abzukaufen. Auch wenn die Bauersleute nicht um das Geheimnis ihres Schweines wussten, so wussten sie doch, dass es ein besonderes Schwein war und ihnen viel Arbeit abnahm. Endlich einigte man sich auf einen Preis und glücklich zog der Bursche mit seinem Schwein am Seil nach Hause. Daheim erklärte er seinem Vater, dem reichen Schmied, dass er diese Sau heiraten wolle.«

Der Vater des Brautmanns stieß seinen Sohn in die Seite, lachte schallend. Die Braut daneben senkte den Kopf.

»Der Schmied hielt das für einen Scherz, doch als der Sohn darauf bestand, wurde er erst wütend, gab jedoch nach, nachdem der Bursche drohte, sich umzubringen, sollte er nicht das Schwein heiraten dürfen. Ihr versteht sicher, dass es nur eine kleine, beinahe heimliche Hochzeit wurde. Man steckte die Sau in ein Kleid, drückte ihr einen Blumenkranz auf den Kopf und führte sie in den heiligen Hain. Würdevoll schritt das Schwein neben dem Burschen einher, und als der Druide fragte, ob es mit der Vermählung einverstanden sei, nickte es und grunzte zustimmend, mit flappernden Ohren. Und so wurde das Band der Ehe gebunden. Bevor sich der Brautmann mit seiner tierischen Braut in sein Schlafgemach zurückzog, lief er noch zum Fluss und holte einen Zweig von dem Elhornbusch, unter dem das Schwein zur Verwandlung hin und her gegangen war. Als er zurückkam, hatte das Schwein bereits Feuer gemacht, die Decken auf dem Bett ausgeschüttelt und duftende Kräuter rundherum gestreut. Der Brautmann hielt ihr den Elhornzweig hin und sie ging dreimal darunter hin und her, sodass der Zweig ihren Rücken berührte. Dann schüttelte sie sich und legte ihre Schweinehaut ab. Ehe ihr Mann glücklich mit seiner hübschen blonden Frau ins Bett sank, nahm er noch die Schweinehaut und warf sie ins Feuer, damit sie verbrannte und seine Braut sich nicht mehr zurückverwandeln konnte.«

Meine Zuhörer nickten, sehr zufrieden mit der Entwicklung der Geschichte. Einige der Kinder jedoch sahen etwas ängstlich zu dem Feuer hin, über dem das Schwein briet.

»Der ältere Bruder hatte das Ganze durch einen Spalt in der Wand beobachtet. So war das also! Sein Bruder war nicht kopfkrank geworden, sondern hatte einen Weg gefunden, eine schöne Frau zu erhalten – in ihrem Dorf eine Seltenheit. Er war eifersüchtig und wütend. Schließlich war er der Erstgeborene, der Erbe der Schmiede, und nun hatte sein kleiner Bruder vor ihm eine Frau, und was für eine Schönheit noch dazu! Nun, da er aber jetzt den Trick kannte, so wollte er sich auch ein Weib zulegen, ein noch viel besseres! Am nächsten Morgen machte er sich auf den Weg zu allen Schweinebauern der Umgebung. Bis zum Abend hatte er das Schwein seiner Träume gefunden – eine prächtige, fette Sau, wild und ungestüm. Die ergab sicher ein stattliches Weib und ihr fleischiger Rüssel würde sich in sinnliche volle Lippen verwandeln, ihr prächtiges Gesäuge in einen Busen zum Versinken. Rasch war er sich mit dem Bauern im Preis einig und zog das Schwein an einem Strick mit sich. Die Sau war damit nicht so recht einverstanden – mal blieb sie stur stehen, die Klauen in den Boden gestemmt, dann rannte sie wieder los und zog ihren neuen Besitzer hinter sich her. Bis sie bei der Schmiede ankamen, war der Brautmann schweißgebadet, tröstete sich aber mit dem Gedanken, dass so ein stürmisches Schwein ihm wohl eine leidenschaftliche Hochzeitsnacht bescheren würde. Der Schmied, der ja am Morgen entdeckt hatte, in welch hübsche Frau sich das Schwein seines jüngeren Sohnes verwandelt hatte, stimmte diesmal der Hochzeit schneller zu. Man steckte die Sau in ein Kleid, doch das gefiel ihr nicht und sie zerriss es, sodass sie nur mit einem Fetzen um den Hals den heiligen Hain betrat. Der Duft der Eicheln, die reif von den Bäumen ringsum fielen, machte sie ganz aufgeregt und sie tobte herum, warf die Bänke um, die man für die Familie aufgestellt hatte, schreckte das Huhn auf, das geopfert werden sollte und rannte den Druiden über den Haufen. Mit Müh und Not schaffte dieser es, die Riten zu vollziehen und den erstgeborenen Sohn und seine Braut zu Mann und Schwein zu erklären.«

Wie ich es beinahe vermutet hatte, entdeckte ich verstohlene Blicke zu dem jungen Mann, der an der Hauswand in der Nähe lehnte. Ein paar Frauen tuschelten, zwei Männer lachten selbstzufrieden.

»Ehe der Brautmann zu seiner Sau ins Schlafgemach ging, schlich er noch in die Kammer seines Bruders und holte sich den Elhornzweig. Doch seine Angetraute dachte nicht daran, unter dem Zweig hin und her zu gehen, viel lieber wollte sie ihn auffressen. Die Decken auf dem Bett hatten schon daran glauben müssen. So nahm ihr Mann den Zweig und strich dreimal auf dem Rücken des Schweins damit hin und her, hoffend, dass dies dieselbe Wirkung hätte. Und obwohl sich die Sau schüttelte, ihre Schweinehaut legte sie nicht ab. Langsam wurde er ungeduldig und wütend, so schnappte er die weichen Falten am Hals der Sau und begann zu ziehen, um die Haut wie ein Hemd auszuziehen. Nun, dies war ein Fehler. Sein letzter. Denn der Sau missfiel das und sie sprang an ihm hoch, warf ihn zu Boden und biss ihn in die Kehle.«

Eine junge Frau quietschte erschrocken auf, was Gelächter hervorrief. Bei einem raschen Seitenblick stellte ich fest, dass der Mann an der Hauswand verschwunden war. Ihn hatte ich mir gewiss nicht zum Freund gemacht. Auch der Blick der Braut glitt dorthin, wo er gestanden war, und ich meinte, sie erleichtert aufatmen zu sehen.

»So hat ein Schwein den neidigen Sohn des Schmieds ins Grab gebracht. Das andere hat dem jüngeren Sohn Liebesglück und den Besitz der Schmiede verschafft, denn man muss wissen, wann ein Schwein ein Schwein, und wann es eine verzauberte Schönheit ist. Und wenn die Götter ihnen gnädig waren, so leben sie noch heute, mit einer großen Kinderschar.«

Ich hatte an Thanna und Matunus gedacht, während ich erzählte, an die frechen Schweine auf ihrem Hof und die drei kleinen Lämmchen, und sandte ihnen diese Geschichte, mochte sie die beiden in ihren Träumen vielleicht erreichen. Gerne hätte ich auf ihrer Hochzeit erzählt. Dies war auch etwas, das ich wohl lernen musste – mich mit Ersatz zu begnügen.

Es war schön, mich von Ogmios, Gott der Redekunst, davontragen zu lassen. Hatte ich mich in letzter Zeit mit meinen Geschichten selbst getröstet und in fremde Welten geleitet, das Lachen meiner Zuhörer über diese unerwartete Unterhaltung wärmte mich und ließ mein Herz weit werden.

Man verwöhnte mich danach mit einem guten Stück Fleisch und einer Schale voll Gerstenbrei mit Rüben, das Trinkhorn wurde ständig gefüllt und ich war froh, dass das Bier verdünnt war. Bald saß ich mit den anderen Musikanten und spielte auf meiner Leier, während ringsum getanzt wurde.

Es gefiel mir, einfach nur Erzählerin und Musikantin zu sein und für einen Abend alles andere vergessen zu können. Fröhlich sprangen die Schatten vor dem Feuer herum und ich ließ mich mit der Stimmung mittragen, gab mich der Musik hin und dem Spiel der Flammen und Tänzer. Als sie alle das Brautpaar zu Bette geleiteten, schaffte ich es sogar, zumindest für kurze Zeit dabei nur an Matunus und Thanna zu denken und nicht an Loïc und seine Braut. Das Schlafgemach hier war schlicht und karg, kein Vergleich mit dem prunkvollen Bett, das man gewiss dem Sohn des Reix gerichtet hatte. Und auch kein Vergleich mit dem Lager im Moos, das Loïc und ich in jener Nacht im Wald geteilt hatten …

Ich zwang meine Gedanken zurück hierher.

Einige Männer, darunter die Väter von Braut und Brautmann, stellten sich rund um das Haus auf, um die frisch Vermählten in ihrer ersten Nacht zu bewachen und zu beschützen, während die anderen zu den Feierlichkeiten zurückkehrten. Derbe Witze machten die Runde und so manchem Mädchen wurde zugezwinkert. Ich sah den jungen Mann erneut, der nun mit den anderen gemeinsam lachte und trank. Seine Freunde klopften ihm auf die Schulter, während seine Augen immer wieder zu mir herüber glitten.

Ich fühlte mich müde.

Die Mutter der Braut kam zu mir, als ich meine Leier in ihr Tuch wickelte, und bot mir einen Schlafplatz in ihrem Haus an. Ich warf einen Blick zu der Linde nahe der Palisade, die mir ein Gefühl des vertrauten Waldes gab und mich rief. Doch dann sah ich die Augen der Brautmutter und merkte, das war nicht nur ein höfliches Bitten, weil man sich verpflichtet fühlte. Sie war einsam, in dieser ersten Nacht ohne Tochter und der Mann als Wache beim Brauthaus. Ich nickte.

»Das nehme ich dankend an.«

Kapitel 17

Die Schweine

Das Haus war klein und ein Lachen blieb mir im Hals stecken, als sich hinter einer halbhohen Abtrennung die neugierigen Schnauzen zweier Schweine erhoben. Calis lief zu den grunzenden Tieren, stützte seine Vorderpfoten auf das Weidengeflecht und es sah beinahe so aus, als unterhielten sich die Tiere. Ob der Hund wohl seine Freunde an Grannus' Hof vermisste?

»Ihr habt Schweine«, sagte ich unnötigerweise, und die Geschichte, die ich erzählt hatte, lag mir plötzlich im Magen.

»Ja«, sagte die Frau.

Sie bot mir einen Platz auf einem der Felle rund um die Feuerstelle und machte sich daran, die Flammen mit dünnen Ästen zu füttern, bis sie groß genug waren, dass man Holzscheite auflegen konnte.

Der Raum wurde heller und ich sah mich um. Gestampfter Lehmboden, ein großes Schlaflager aus Stroh mit Fellen und Decken, ein Gewichtswebstuhl, Körbe, Tongefäße, ein Tisch voller Werkzeuge, Kräuter, die zum Trocknen von der Decke hingen. Ein schlichtes Haus ohne unnötigen Schmuck, das Haus einfacher Leute. Es roch nach den Schweinen, nach nasser Wolle und Rauch.

Ich hatte meinen Beutel, die Leier und meine Rehhautrolle neben mir abgelegt, während die Frau nun aus einem in den Boden versenkten Fass etwas in ein Horn schenkte. Sie setzte sich neben mich und reichte mir das Getränk. Es war Bier, doch nicht jenes, das es bei der Hochzeit zu trinken gegeben hatte, dieses hier war selbst unverdünnt schwächer und schmeckte nach Kümmel.

»Du hättest keine bessere Geschichte finden können«, sagte sie mit einem leisen Lächeln. »Woher wusstest du das alles?«

Ich zuckte verlegen die Schultern. »Die Geschichte wollte einfach erzählt werden. Ich wusste gar nichts.«

Sie nickte und schob ein Holzscheit, auf dem helle Flechten wuchsen, näher in die Mitte der Feuerstelle. Sie hatte kräftige Hände, gewohnt, anzupacken. Beinahe verschämt blickte ich auf meine Finger, die schlank und lang waren, und die in meiner Kindheit selten Schwereres gehoben hatten als die Leier. Ich fühlte direkt ein wenig Stolz auf die Kratzer und Schwielen, die ich mir in der letzten Zeit im Wald zugezogen hatte. Ich war dieser Welt nicht mehr ganz fremd.

Das Gesicht der Frau wurde bereits faltig und zeigte die Müdigkeit eines harten Lebens. Sie nahm den schlichten Schleier aus ihrem ergrauenden Haar und legte ihn sorgfältig zusammengefaltet in ihren Schoß, die beiden dünnen Nadeln, die ihn gehalten hatten, wie ein Liebespaar darauf.

»Sie ist unsere Jüngste. Die Götter haben sie mir spät geschickt. Ein gutes Kind, fleißig und herzlich.«

Ich nahm einen Schluck Bier. Calis kam zu mir, legte sich neben mich und ließ seinen Kopf auf meinem Oberschenkel ruhen. Er sah wehmütig zu mir auf. Vielleicht vermisste er wirklich seine Freunde von daheim, was mir leid tat. Ich kraulte ihn hinter den Ohren.

»Sie sah wunderhübsch aus«, sagte ich.

Ein scheues Strahlen breitete sich im Gesicht der Frau aus.
»Das tat sie, nicht wahr? Und er ist ein guter Mann. Der bessere der beiden.«
Ich sah fragend zu ihr hin.
»Die beiden Brüder. Hast du nicht deshalb die Geschichte erzählt?«
»Der an der Hauswand?«
Sie nickte, zufrieden, dass ich es erkannt hatte.
»Das ist wirklich der Bruder des Brautmanns?«
»Aber ja doch. Ach, ich vergesse, du weißt es ja nicht … Aber deine Geschichte … Es war ganz genau so.«
Ich schmunzelte. »Deine Tochter war bis heute ein Schwein?«
Nun lachte sie. »Nein, also nicht ganz genau so. Aber das mit den Brüdern. Und beide wollten sie, also, Ulaf, das ist der Ältere, er wollte sie erst, als Barun sie zur Braut erkoren hatte. Bis dahin hatte er sie nie beachtet. So eine wie sie gäbe es nicht noch einmal im Dorf, sagte er jetzt. Und dass es nicht anginge, dass der Jüngere eine bessere Frau bekam als er.«
Sie seufzte und strich zärtlich über das Tuch in ihrem Schoß. Ich vermutete, dass ihre Tochter den Stoff gewebt hatte.
»Er wollte sie sogar mit Gewalt … Du weißt ja, wie es ist. Barun hätte sie danach nicht mehr zur Frau genommen und sie hätte Ulaf nehmen müssen.«
Sie schwieg.
»Aber?«
Die Augen der Frau begannen zu funkeln, als sie aufsah.
»Wie in deiner Geschichte … sie ließ es sich nicht gefallen, schrie und kratzte … hast du die Narbe in seinem Gesicht gesehen?«
Ihr Blick glitt zu dem dünnen weißen Strich an meiner Wange. Ich schüttelte den Kopf. So genau hatte ich den jungen Mann nicht betrachtet.
»Das war sie!«, sagte die Frau stolz. »Barun kam angelaufen, er hat sie gerettet, aber auch so … meine Tochter lässt sich nicht so einfach …« Ihr Lachen gluckste. »Sie ist wie beide

Schweine in deiner Geschichte! Wirklich, du hättest es nicht besser erzählen können!«

Ich nickte. Seit ich denken konnte, hatte ich Geschichten gehört und erzählt, hatte Lieder gesungen und später von Tegid die Kunst des Wortflechtens gelernt. Immer hatte ich bewundert, wie oft er genau die rechten Worte fand, die passende Geschichte. Ich hatte gedacht, das wäre Zufall, vielleicht auch lebenslange Erfahrung. Dies war das erste Mal, dass Ogmios mir dieses Geschenk machte. Still dankte ich dem Gott der Redekunst und meinem alten Maistir, dass er mich so gut gelehrt hatte, zu sehen und dem Gesehenen zu vertrauen.

»Pass nur auf, dass Ulaf nun nicht dich auserwählt ... er hat dich beobachtet. Deine Geschichte mag ihm nicht gefallen haben, aber du als Frau gefällst ihm sicher, jung und mit einer besonderen Gabe. Also, er ist gewiss ein guter Mann, seine Familie ist reich hier im Dorf, vielleicht willst du ja sogar ...«

Sie sah mich fragend an, musterte mich. Bis jetzt hatte sie keine einzige Frage gestellt, die mit meinem einsamen, unerwarteten Auftauchen zu tun hatte. Aber Gedanken hatte sie sich gewiss darüber gemacht.

»Ich bin kein Weib, das ein Mann ehelichen mag«, sagte ich beschwichtigend. Welcher Mann nähme sich je eine Frau, die jeden halben Mond weiterziehen musste und deren Herz voll und ganz einem anderen gehörte?

Sie nickte und wirkte dabei zufrieden. Ich konnte mir gut vorstellen, dass sie dem Bruder ihres Tochtermanns keinerlei Weib gönnte.

Calis neben mir gähnte.

»Ihr beide müsst müde sein«, sagte die Frau.

Ich nickte. Ich war nicht nur müde, ich hatte nach der Zeit im Wald auch das Bedürfnis, nicht reden zu müssen, sondern alleine zu sein.

Die Frau erhob sich, ging zu den Körben an der Wand.

»Du kannst auf unserem Lager schlafen, es ist Platz genug. Ich wollte dir nur noch etwas geben, wir haben nicht viel, aber du hast diese Vermählung zu etwas Besonderem gemacht.«

Sie kam mit einem handgroßen Tontopf zurück, der mit einem hölzernen Stoppel und einer Schicht Wachs verschlossen war. Ich nahm an, dass es Honig war und musste in Erinnerung an Grannus lächeln. Und an Tegid, der Honig geliebt hatte.
»Es ist nicht viel … Etwas Salz, vermischt mit Kräutern.«
»Es ist ein wertvolles Geschenk«, sagte ich. Salz war etwas, das ich im Wald vermisst hatte.
Sie lächelte.
»Es ist passend, wo du doch der Feier die rechte Würze gegeben hast.«
Wir lachten beide.
Bald legten wir uns auf dem Strohlager zur Ruhe. Ich hatte angenommen, ich würde sogleich einschlafen, doch mein Kopf hörte nicht auf, über alles Mögliche zu grübeln.

Ich hatte auch gedacht, ich würde froh sein, wieder die Nacht unter einem Dach zu verbringen, doch ich fand es stickig und beengend. Die Linde nahe der Palisade schien nach mir zu rufen.

Als ich sicher war, dass die Frau tief schlief, erhob ich mich leise. Ich könnte nun einen halben Mond hier in diesem Dorf bleiben, den Regeln des *cynnedyfs* nach. Aber ich fühlte, dass es mich weiter trieb. Meine Aufgabe hier war das Erzählen dieser einen Geschichte gewesen und diese Aufgabe hatte ich erfüllt. Viele weitere warteten wohl auf mich, bis die Götter mir ein Zeichen sandten, dass sie mein Gebot als beendet ansahen.

Gemeinsam mit Calis schlich ich mich zur Tür hinaus, mit all meinen Sachen.

Das Feuer draußen brannte die ganze Nacht und einige Unermüdliche würden bis zum Morgen singen und tanzen, um böse Geister davon abzulenken, dass in einem der Häuser eine neue Familie entstand.

Unauffällig zog ich mich zu der Linde zurück, die mich anzog wie die Reste des Festessens es mit Calis taten. Niemand der Feiernden bemerkte mich, zu betrunken die meisten oder zu müde, wie jene, die halb auf den Tischen liegend eingeschlafen waren.

Der Bruder des Brautmanns saß alleine an eine Hüttenwand gelehnt, die Augen auf das von Männern umstellte Haus der Vermählten gerichtet. Er bemerkte Calis, der sich etwas von einem der Tische stibitzte, und ließ den Blick über den Platz schweifen, bis er mich fand.

Gerade ihm hatte ich nicht begegnen wollen. Er erhob sich, kam auf mich zu.

Ich fasste den Haselstecken fester. Keiner der Männer ringsum schien noch fähig, mich zu beschützen, sollte es notwendig sein.

»Ich habe dich gesucht«, sagte er, die Stimme schwer vom Bier. Er stand mit dem Rücken zu den Flammen, dennoch konnte ich nun die recht frische Narbe in seinem Gesicht sehen, die noch rot und geschwollen war.

Ich nickte.

»Du bist eine von ihnen«, fuhr er fort.

»Von ihnen?« Ich hatte keine Ahnung, wen er meinte.

»Soll wohl dankbar sein, dass ich noch lebe. Dass ich nicht dort im Bett liege, mit einem Weib … das mich töten würde.«

»Ich habe nur eine Geschichte erzählt. Was du darin hörst, liegt an dir.«

Calis kam zu mir getrottet, einen Knochen im Maul. Ich fühlte mich sogleich ruhiger, als er neben mir stand. Ruhig genug, diesen Ulaf nun genauer zu betrachten und festzustellen, dass er nicht danach wirkte, als wäre er mir eine Gefahr. Im Gegenteil, sein Blick war beinahe ängstlich.

»Hätte sie mich getötet?«, fragte er nun.

Ich schwieg. Ich wollte nicht sagen, dass ich keine Ahnung hatte, denn ich schätzte, dass es dem jungen Brautpaar von Vorteil wäre, wenn Ulaf froh war, nicht der Ehemann zu sein.

»Ihr wisst doch immer alles«, sagte er mit Nachdruck und wankte ein wenig mir entgegen. Calis knurrte.

»Ihr?«

»Ihr Götter, ihr Wesen der Anderswelt, du bist doch eine von denen, woher hättest du sonst gewusst … und welche Frau zieht alleine … du bist gekommen, mich zu gemahnen, oder?«

Ich zwang mich, nicht zu schmunzeln. Ich und eine der Göttinnen ... das Bier musste seinen Kopf vernebelt haben. Die Götter hatten gewiss Besseres zu tun, als nachts bei einem gekränkten Mann vorbeizuschauen.

»Ja«, sagte ich. »Die Götter haben dein Leben gerettet. Und werden dir eines Tages ein Weib schenken, besser noch als das deines Bruders.«

Er nickte, ein träges Grinsen breitete sich in seinem Gesicht aus und er hob den Zeigefinger.

»Das ist gut ...«

Sein Finger schwankte zu seinem Mund und er legte ihn auf seine Lippen.

»Ich werde es auch gewiss niemandem sagen ... Göttin der Nacht ... aber ich hätte mir dich größer vorgestellt ...«

»Nun, wir Wesen der Anderswelt verbergen uns in den unterschiedlichsten Verkleidungen.«

»Das werde ich nicht vergessen«, sagte er und stapfte davon.

Ich sah zu Calis hinab, der noch immer mit dem Knochen im Maul neben mir stand. Er schien das Ganze ebenso unterhaltsam zu finden wie ich.

Kapitel 18

Ein Knoten

Ich lehnte mich an den Stamm der Linde. Sie war ein freundlicher Baum, hieß mich zu ihren Wurzeln willkommen. Ein großer Steinbrocken lag neben ihr, jemand hatte Zeichen hineingeritzt. Zeichen ... sie waren im Schein des Feuers kaum zu erkennen, doch mein Finger fuhr sie nach. *Bis ein Zeichen der Götter* ... ich musste über mich selbst lachen. Glaubte ich wirklich, eine einzige Geschichte, bei einer Vermählung erzählt, würde die Götter bereits dazu bewegen, das *cynnedyf* zu lösen? Ein Dutzend Zeichen mochten nötig sein oder ein Dutzend Mal ein Dutzend ...

Ich sah zum Feuer hinüber, betrachtete die Tanzenden, lauschte dem sanften Gemurmel der letzten Gespräche.

So hatte ich denn doch eine Vermählung begleitet. Nicht die von Thanna und Matunus. Und zum Glück nicht die von Loïc und der Mandubierin. Ob die beiden, die heute das Band der Ehe gebunden hatten, dies taten, weil ihre Eltern es bestimmt hatten? Oder waren sie einander vertraut seit Kindestagen? Oder ... ich wollte den Gedanken nicht denken. Dass die Götter zwei Menschen mit solcher Sicherheit für einander bestimmen könnten wie Loïc und mich – und sie glücklich sein ließen. Doch was wusste ich schon, was dieses junge Paar vor dem heutigen Tag schon erlebt hatte.

Calis kaute zufrieden an seinem Knochen, ihn quälten solche Gedanken nicht.

Ich schlang den Umhang fester um mich, es war kühl geworden und ich war müde.

Leise raschelte das Laub über mir im Wind, weich und sanft waren die Blätter des Baumes noch um diese Jahreszeit, wie das Lied einer Mutter für ihr Kind.

Aus meinem Beutel kramte ich die Leiersaiten, die tiefste hatte vorhin beim Spielen einen kleinen Riss bekommen. Ich könnte bis zum Morgen warten, sie zu tauschen, doch es hatte mir schon widerstrebt, sie verletzt einzupacken, als ich mit der Brautmutter mitging. Und ich bedurfte keines Lichts, eine Saite zu wechseln.

Ich fädelte den dünnen, gedrehten Darm aus und die neue Saite ein, stimmte sie mit den kleinen Stäben am Querholz, bis ich zufrieden war, und packte die Leier dann behutsam in ihr Tuch, dass sie ruhen konnte.

Die Leier ist dein Geliebter, hatte Tegid gesagt.

Die leicht eingerissene Saite lag in meinem Schoß, mein Finger fuhr behutsam darüber. Wenn die Leier mein Geliebter war, so war eine Saite wie ein Teil von ihm … verletzt, wie Loïc es ist …

Wie von selbst sank mein Sein in die Tiefe.

»Licht des Himmels, Licht der Erde, nähret mich«, flüsterte ich beinahe tonlos.

Calis hörte auf zu kauen. Die Geräusche der Feiernden wurden leiser, drifteten davon wie ein Blatt auf dem Meer.

Ich sah Loïc vor mir, nicht so, wie ich ihn zurückgelassen hatte, verzweifelt und wütend, sondern so, wie ich ihn in Erinnerung behalten wollte. Ernsthaft lächelnd, seine Arme um mich geschlungen.

Das Bild verschwamm, änderte sich. Eine Kammer. Seine Kammer, erkannte ich, in der ich einmal heimlich mit ihm gewesen war. Ich sah ihn, auf dem Bett liegen, im Hintergrund

der Körper einer Frau, eingewickelt in eine Decke. Und er …
er lag auf der Seite, sah zu mir her. Ich meinte, ihn berühren zu
können, den Verband um seinen Kopf, den mit Leisten und
Stoffstreifen geschienten Arm.

»Loïc«, flüsterte ich.

War ich nicht mehr als jene Frau hinter ihm sein Weib?

Ehe das Bild völlig verschwamm – und ich wusste nicht, ob
meine Tränen es waren, die es undeutlich werden ließen –
nahm ich die Saite in meinem Schoß und begann, einen
Knoten zu flechten. Längst kannte ich das Wort, das Loïcs und
meine Seele verband.

Seit Tegid es mich gelehrt hatte, flocht ich für andere
Menschen Wörter in Knoten ein, um ihnen zu helfen, um sie
zu stärken und ihnen die Kraft der Götter zu schenken. Doch
dieses Wort flocht ich für mich und für ihn, und ich verschloss
es tief in meiner Seele.

Das Feuer brannte immer noch hoch, als ich mich erhob und
meine Sachen nahm. Den kunstvollen Knoten, den ich Loïc
und mir geflochten hatte, verwahrte ich in einem der kleinen
Stoffsäckchen, die ich bei Grannus genäht hatte, und schob ihn
tief in den großen Beutel hinein. Eines Tages würde ich ihn
von dort herausholen und Loïc geben.

Es würde nicht mehr lange dauern, bis Sonnengott Lug
erwachte. Inzwischen war es ruhig geworden im Dorf. Nach
wie vor hielten die Männer rund um das Brautgemach Wache,
doch die meisten von ihnen lehnten an der Wand, halb dösend
oder müde vor sich hin starrend. Nur noch zwei Männer
tanzten, trunken und taumelnd. Von den Frauen war keine
einzige mehr zu sehen, sie hatten sich wohl inzwischen alle zu
ihren schlafenden Kindern begeben, von denen die ersten bald
wieder erwachen würden.

Calis folgte mir, als ich zum Tor der Palisade ging.

Der eine der beiden Tänzer wankte zu mir, lachte mich an.

»Ein Schwein in einem Kleid, prächtig!«

»Es ist Zeit, dass ich gehe«, sagte ich.

Er nickte, wurde von der Bewegung in ein Taumeln gerissen.

»Würdest du das Tor für mich öffnen?«

»Ist noch zu früh«, sagte er. »Noch zu finster.«

»Bitte«, sagte ich.

Er sah mich an, grinste.

»Na gut.«

Er brauchte ein wenig, bis er es schaffte, den Riegel zur Seite zu schieben.

»Muss aber wieder zumachen, wenn du weg bist«, lallte er.

Ich nickte und schlüpfte mit Calis hinaus.

Hinter mir wurde das Tor wieder geschlossen. Der Riegel rastete geräuschvoll ein.

Wir waren wieder alleine.

Die Welt um mich regte sich, die Vögel sangen dem Morgen entgegen und es würde nicht mehr lange dauern, bis Lug über die Erdenkante blickte. Es war ein warmer Morgen und der Wind sanft und zärtlich. Ein guter Tag.

Ich legte Leier, Beutel und Rehhaut ab und begann, mich zu drehen, die Arme hoch in den Himmel gereckt.

Ballen, Sohle, Ballen, Sohle, schneller und schneller, dem Brautpaar gleich, das in der Nacht um das Feuer gewirbelt war.

Ich fühlte die Gewissheit, anhalten zu müssen, schwankte kurz, öffnete die Augen.

Der Weg führte nach Süden.

Ich war bereit.

Lust,

... mehr von Arduinnas Abenteuern zu lesen?

Du findest sämtliche Bände der Serie auf den gängigen Buchplattformen und kannst sie auch in jeder Buchhandlung bestellen.

Band 1: Die Wahl des Hochkönigs
Band 2: Der Markt der Lügner
Band 3: Die Braut des Siegers
Band 4: Das Fest der Sonnwend
Band 5: Das Kind des Bärenkriegers
Band 6: Der Mond der Hoffnung
Band 7: Das Ende des Weges

Lust,

... mehr über die Kelten zu erfahren?

Melde dich auf www.marionwiesler.at zu *Post von der Bücherbardin* an, erhalte einmal im Monat eine Geschichte, wie die Bardin sie erzählt, und sei unter jenen, die zuerst über einen neuen Band erfahren.

Lust,

... anderen zu helfen, diese Serie zu entdecken?

Hinterlasse eine Rezension auf der Bücherplattform, wo du das Buch gekauft hast. Rezensionen helfen Lesern, Bücher zu entdecken und Autoren, ihre Bücher den richtigen Leuten zu präsentieren. Ein, zwei ehrliche Zeilen genügen und helfen wirklich viel.

GLOSSAR

Aericura:	Eine von vielen Fruchtbarkeitsgöttinnen.
Amselbeer:	Ein altes Wort für Eberesche.
Bärenlauch:	Bärlauch.
Blacke:	Ein altes Wort für Ampfer. Dessen große Blätter wurden gerne zur Kühlung benützt, sei es für Butter und Käse oder für verletzte Körperteile.
Bel:	Name des Sonnengotts in Gallien.
Braccae:	Beinkleider, Hosen.
Camisia:	Ein Hemd, der römischen Tunika ähnlich. Von ärmellos bis langärmelig, für Frauen knöchellang als Kleid.
Cynnedyf:	Ein alt-walisisches Wort für ein Gebot, wie es sich in vielen Heldensagen findet. Im alten Irland ist es als *geis* bekannt, so durfte zum Beispiel der große irische Held Cú Chulainn kein Hundefleisch essen, aber auch kein ihm angebotenes Essen ablehnen.
Dunon:	West-keltisches Wort für eine von einer Palisade umgebene Festung.
Elhorn:	Altes Wort für Holunder.
Fibel:	Im Prinzip eine größere, kunstvollere Sicherheitsnadel, die man zum Verschließen von Gewand nutzte. Knöpfe waren nicht bekannt.
Grimmbart:	Altes Wort für Dachs.
Lug:	Name des Sonnengotts in Britannia.

123

Maistir:	Das irische Wort für Meister, das ich gewählt habe, da mir Meister oder Lehrmeister zu modern belegt waren.
Ogmios:	Keltischer Gott der Redekunst.
Peplos:	Überkleid, bestehend aus einem Stoffschlauch oder zwei Stoffbahnen, die mit Fibeln an der Schulter zusammengehalten werden.
Reix:	Lange Zeit sprach man von keltischen Herrschern als »Fürsten«. Reix (oder Rix) bedeutet »König« und wurde von den Kelten verwendet. Das Reich eines Reix musste aber nicht groß sein, weshalb man vielleicht die Übersetzung »Fürst« bevorzugte.
Rigana:	Die weibliche Form zu Reix.
Rippenkraut:	Ein altes Wort für Spitzwegerich.
Schwarzbeer:	Brombeere.
Tal-Lilie:	Ein Wort für Maiglöckchen (Lily of the Valley im Englischen)
Wallwurz:	Ein altes Wort für Beinwell

PERSONEN:

Alus:	Verwandter des Grannus
Arduinna:	Bardin vom Stamm der Silurer
Bandua:	Bruderfrau des Grannus
Barun:	Brautmann, Bruder des Ulaf
Calis:	Ein Hund
Faruna:	Frau des Grannus
Grannus:	Bauer und Händler mit Honig und Stoffen
Lenus:	Brudersohn des Grannus
Loïc:	Sohn des Reix der Sequaner
Matunus:	Brautmann von Thanna
Morfran:	Barde der Carnuten, Maistir Arduinnas
Tegid:	Barde der Silurer, ehemaliger Maistir Arduinnas
Thanna:	Tochter des Grannus
Ulaf:	Bruder des Barun

GESCHICHTEN:

»Owsello«
basierend auf verschiedenen Legenden, unter anderem
Das Walnussmädchen, ein Märchen aus der Mandschurei.

»Die Schweinehochzeit«
nach einer alten Sage im klassischen Schema der verzauberten
Jungfrau.

Weitere Bücher der Serie
» Die Wortflechterin «

Die keltische Romanserie »Die Wortflechterin« spielt neun Jahre nach dem Kurzband »Die Zeit des Aufbruchs« großteils in Norikum, dem heutigen Österreich. Aus der jungen Bardin ist eine erwachsene Frau geworden, die inzwischen von einem Wolfshund und einer Rabin begleitet wird. Immer noch folgt sie dem Gebot, das ihr Maistir ihr auferlegt hat, doch drei ist die Zahl der Götter und drei-mal-drei Jahre könnten vielleicht endlich ein Ende ihrer Wanderschaft bedeuten und eine Rückkehr zu dem Mann, der ihr bestimmt ist.

Band Eins: Die Wahl des Hochkönigs

Voccio, historisch belegter Reix der Noriker, hat die Anführer vieler Stämme zu sich eingeladen, denn er strebt an, sie alle unter seiner Herrschaft zu vereinen, um den Römern machtvoller entgegentreten zu können. Arduinnas Fähigkeit, Worte gezielt wie Pfeile zu nutzen, macht sie zum Spielball im Kampf um die Macht und plötzlich geht es um ihr Leben.

Band Zwei: Der Markt der Lügner

Es verschlägt Arduinna nach Solva, das bereits sehr unter römischen Einfluss steht. Erstmals findet sie jemanden, der ihr helfen kann, die Zeichen auf dem Stück Leder zu deuten, die vielleicht zur Lösung des Fluchs führen. Doch sie erfährt auch, dass sie gesucht wird …

Band Drei: Die Braut des Siegers

Arduinna trifft auf einen Kriegertrupp, der sie mitnimmt, die Braut des Anführers eines besiegten Stammes zu holen. Rasch merkt sie, dass es an ihr ist, eine Wiederholung der Ereignisse zu verhindern. Es flammt aber auch Hoffnung für ihre eigene Zukunft auf, denn einer der Krieger ist dem Mann begegnet, dessentwegen sie seit drei-mal-drei Jahren diesen Fluch erträgt.

Band Vier: Das Fest der Sonnwend

Ein Sturz in einen eisigen Fluss beraubt Arduinna ihres kargen Besitzes. Es könnte ihr Tod sein, wären da nicht ihr treuer Wolfshund und ihr Rabe – und ein zufällig vorbeikommendes Geschwisterpaar. Doch die Gnade der Götter scheint nicht allzu lange zu währen. Nichts gilt mehr, das bis jetzt sicher schien. Haben die Götter sie verlassen?

Band Fünf: Das Kind des Bärenkriegers

Seit drei-mal-drei Jahren wandert Arduinna durch die Welt. Doch was ist mit dem Mann, der wie sie das Ende dieses Fluches herbeisehnt? Band 5 widmet sich Loïc, dessen Schicksal von Arduinnas stetigem Wandern abhängt. Kein leichtes Los für einen Krieger und Herrschersohn.

Band Sechs: Der Mond der Hoffnung

Es naht der neunte Jahrestag und sowohl Arduinna als auch Loïc ahnen, dass sie an jenem Tag an dem Ort sein müssen, wo alles begann. Werden sie es rechtzeitig nach Vesontio schaffen? Und weshalb mehren sich die Berichte von toten Barden?

Band Sieben: Das Ende des Weges

Der letzte Band der Keltenroman Serie führt uns quer durch Gallien bis nach Britannien, in Arduinnas Heimat. Aber natürlich werden wir hier nicht verraten, wie alles ausgeht ...

Weitere Bücher im selben »Universum« wie
»Die Wortflechterin« :

Der Bogen des Smertrios
Vom Kelten, der loszog, die Sonne vom Himmel zu holen

Beinahe zehn Sommer, ehe Arduinna durch Noricum zieht, wandert der Bogenbauer Smertrios mit seiner Schwester Sanna auf ähnlichen Wegen bis nach Gallia Narbonensis, um einen ganz besonderen Bogen zu bauen. Schafft er dies nicht, müssen er und seine Schwester sich den Göttern opfern, um die Sicherheit ihres Dorfes zu gewährleisten.

Der Krieger der Druiden
überarbeitete Neuauflage von *Culm 27 v. Chr.*

Zehn Sommer nach »Der Wahl des Hochkönigs« bedroht ein schlimmes Omen die Siedlung Ardudunum. Gair, zu Arduinnas Zeit angehender Krieger an Voccios Hof, findet sich nun in seinem Heimatdorf auf dem Culm zerrissen zwischen seiner Pflicht gegenüber seinem Milchbruder Centigern, der Liebe und dem Kampf gegen einen unbekannten Feind.

Figuren aus beiden Romanen kommen in den Bänden der »Wortflechterin« zu Besuch, zehn Jahre vor oder nach ihren eigenen Abenteuern.

Tauch ein in die Welt der Kelten und fühle den Pulsschlag jener Zeit in dir!

Geschichtliches

Es gibt wenig erwiesenes Wissen über die Kelten der späten Eisenzeit, noch viel weniger über jene in Noricum, dem heutigen Teil Österreichs südlich der Donau, wo der Großteil der Serie »Die Wortflechterin« spielt. Ausgrabungen sind rar. Dennoch habe ich mich bereits bei meinem ersten Keltenroman »Culm 27 v. Chr.« (Neuausgabe unter »Der Krieger der Druiden«) für diese Epoche entschieden. Warum? Weil es eine Zeit der Umbrüche ist, eine Zeit, in der die Kelten (egal wo) geteilt waren in jene, die Beziehungen zu den Römern suchten, und jene, die in den Römern eine Gefahr sahen. Zeiten der Veränderungen sind immer spannend, im Schreiben wohl noch mehr als im Erleben ...

Der Kurzband »Die Zeit des Aufbruchs« spielt aber in Gallien, drei-mal-drei Jahre vor der Serie. Wie wir alle aus den vielgeliebten Asterix-Bänden wissen, ist Gallien zu dieser Zeit von den Römern besetzt. 52 v. Chr. hat Caesar in Alesia den Aufstand der Kelten niedergeschlagen und den berühmten Vercingetorix gefangen genommen.

Wir besitzen keine schriftlichen Hinterlassenschaften der Kelten, es gibt Berichte über sie, die mit Vorsicht zu genießen sind, und zahlreiche Funde, wovon eine große Anzahl entweder Rätsel aufgibt oder viel Spielraum für Deutungen lässt. Man kann auf mannigfaltige Weise von ein paar Pfostenlöchern im Boden auf das Haus schließen, das einst dort stand ... Die Kelten machen es uns schwer, sie zu erforschen.

Ich bemühe mich, historisch korrekt zu sein. Zu manchen Themen gibt es die verschiedensten Ansichten und meine Entscheidung für eine Interpretation mag das Kopfschütteln des einen Experten und die Zustimmung des anderen finden. Jede Betrachtung der Vergangenheit kann immer nur mit heutigen Augen geschehen. Mit welch irrwitzigen Theorien Archäologen einst Funde aus unserer Zeit deuten werden?

Für »Die Wortflechterin« habe ich mit der Bardin Arduinna eine Figur gewählt, die im fernen Britannien (im heutigen Wales, um genau zu sein) geboren wurde und im Laufe der Serie bis nach Noricum (im heutigen Österreich) gelangt. Damit lassen sich mit ihr Geschichten aus den verschiedensten Ecken dieser Kultur erzählen. Die Geschichten, die sie selbst erzählt, stammen zum Teil aus dem *Celtic Fringe*, wie man jene Gegenden bezeichnet, in denen sich das Keltentum recht lange gehalten hat (Irland, Wales, Bretagne). Doch ich habe mir auch die Freiheit genommen, ihr andere Geschichten in den Mund zu legen, die mir von Art und Weise passend schienen. Manche davon sind mir in meiner Arbeit als Erzählerin begegnet, manche habe ich selbst erdichtet.

Danksagung

Vielen Dank wie immer an meinen Mann, der es mir ermöglicht, Zeit zum Schreiben zu haben.

Danke an Veronika Tanton, die die wunderbaren Cover gestaltet hat.

Ebenso ein dickes Danke an Susanne Gebhart-Siebert, meine Lektorin, die in stundenlangen Telefonaten mit mir unermüdlich an Problemen und Sätzen gefeilt hat, an Gudrun Schutting-Wieser, die noch so einige Fehler entdeckte und Lydia Valant, die ihr kritisches Archäologen-Auge über den Text wandern ließ. Ihr seid alle großartig!

Ein Danke auch hinauf nach Gotland zu Octavia Randolph, die mich mit ihrer Ceridwen Saga nicht nur inspiriert hat, sondern auch eine wunderbare Mentorin geworden ist.

Und ein großes Danke an all meine Leser*innen, die von »Culm 27 v. Chr.« und »Der Bogen des Smertrios« so begeistert waren, dass sie mich zu dieser Serie im selben »Universum« motiviert haben.

Marion Wiesler

Marion Wieslers Eltern besaßen eine Filmproduktionsfirma in Wien, während ihre Großmutter Bücher als die einzig wahren Geschenke ansah. Kein Wunder, dass Fantasie und Kreativität eine bedeutende Rolle in ihrem Leben spielen und sie sich nach dem Abschluss der Matura neben dem Studium der Anglistik der Schauspielerei zuwandte.

Nach mehr als einem Jahrzehnt als Schauspielerin, Regieassistentin (Theater und Film), Sprecherin und Script Supervisor kamen Ehemann und Kinder, eine mehr als einjährige Reise um die Welt mit der Familie und der Entschluss, in der Steiermark ganz etwas Neues zu beginnen.

Seit 2007 lebt sie nun mit Mann, Kindern, Hund und Katzen auf einem Bauernhof in der Nähe von Weiz.

Informationen zu ihren Büchern und Erzählveranstaltungen auf www.marionwiesler.at